拉拉山林奇遇記

林家亨　著

目次

第一章　隨筆札記

第二章　神奇機緣

第三章　香積法門

出版序

二〇二一年出版《拉拉山林打工記》，我以第三人稱回憶記錄我大學時代在拉拉山林裡打工的種種趣事，及對我日後出社會工作的深遠影響，繼之於二〇二二年出版本書《拉拉山林奇遇記》，我以第一人稱蒐錄我過去幾年來親身經歷與神靈接觸的奇遇事，更因此立下弘法利生的終生志業。

從處理過許多案例的經驗，以及自己親身經歷過的事證，由盛而衰功虧一簣者有之，由敗部復活逆轉勝出者有之，其最終結果，是非成敗的關鍵，個人的努力與堅持固然重要，但似乎冥冥之中尚有其他看不見的關鍵影響力量，雖說「三分天注定，七分靠打拼」，但往往勝負成敗的關鍵就在那三分，所以我常戲稱「要拜才會贏」。

科學家以實驗證實「信息場」、「靈界」的存在，認為這個宇宙是由一個八度的複數時空構成，四度為實數時空，就是物質的世界，也就是俗稱的「陽間」；另外四度為虛數時空，就是俗稱的「陰間」或者「靈界」，而這八度的複數時空是交相重疊同時並存的。科學家以佛祖、觀音菩薩、耶穌基督等神聖詞彙做實驗的過程中，還發現神靈會到實驗現場來參觀及搗蛋！

這樣的靈界實驗過程與結論，雖然也不免引來反駁意見，但科學實驗的嚴謹論證程序有待其持續實驗論證，我謹以過去多年來親身經歷過許多的神奇事蹟，見證且堅信，我們所處的世界裡，陽間與陰間是並存的，神靈界確實是存在的，也是可以即時溝通對談的，更是會受其影響成敗興衰的。在宗教信仰自由又盛行的台灣，還有許多的奇人軼事可以來驗證神靈界確實存在。

從小到大，接觸過不少宗教派別，鐘鼎山林，各有高人，總是抱持著敬畏之心，縱使曾有機緣短暫為門下過客，總是緣起緣滅漸行漸遠，原因不一而足不深究矣。直到遇到「香積如來法門」，自己親身見證的經歷體悟，師兄師姐的殊勝經歷心得分享，更重要的是，人人都可以獲授殊勝大法，能上天下地救渡眾生，只要肯潛心修持並持之以恆，且有一顆大愛無私的心，得之於天地，用之於眾生，這才契合我的宗教理念。

本書將過去的紀錄文章彙整起來再加以補充修訂，內容除了有工作出差旅遊心得，日常生活中的感動時刻，也記錄了我親身見證的許多神奇經歷，從另一個側寫來印證科學家從事靈界的科學實驗，證實「信息場」、「靈界」確實存在，且科學家認為是透過「撓場」來聯繫溝通陰陽兩界。個人認為，若「撓場」是用來溝通陰陽兩界的物質媒介，那麼「意念」就是啟動這個「撓場」媒介的開關，動念之間即可來去自如。惟啟動之後，能否與神靈界接觸交流暢行無阻，就要看個人修為的願力與證量了。

種善因得善果，種惡因得惡果，做功德添福報，造惡業積業障，善念與惡念，福報與業障，與個人興衰成敗之間究竟有無因果關係？若有，又是以什麼樣的媒介傳導連結互動？又是誰有此權力來負責認定與裁判？陽間與陰間、神靈界的不同時空是如何同時並存的？陰陽兩界之間又是如何穿梭來去？相較於陽間凡俗的世界，陰間、神靈界又是一個什麼樣的世界？本書所記述的這些經歷是真是假是實是虛？你相信，你便得見。

至於與神靈界溝通往來的途徑、方式、時機、媒介、條件、如何獲授殊勝大法、如何弘法渡有形無形眾生、……等未知領域，科學家嘗試以科研實驗精神去研究歸納出邏輯定律。但從另一個面向思考，神靈界的存在比人類世界更古老久遠，神靈界的智慧與資源比人類世界更不知豐富超越多少，且神靈界似乎洞悉陽間凡人的一切，甚至可以影響凡人的吉凶禍福，而陽間的凡夫俗子對神靈界卻是一知半解，甚至不相信有神靈界的存在，必須用科學實驗成果來證明，但迄至目前也僅知其一不知其二。

若是陽間與神靈界溝通往來的媒介管道，可以被輕易破解，被公式化、規格化、標準化，甚至被進一步商業化，可以像付費買票搭火箭就可以直通外太空一樣，那麼結果將會是如何？以亙古至今一般人類貪婪習性，恐怕是要引來更多貪婪者，無所不用其極的侵入掠奪神靈界資源。神靈界豈會不懂人類，又豈會沒有妥善的自我保護機制，我相信那保護機制絕不是以現在人類的科學技術可以強攻破解的，因為簡單的邏輯概念推理，「科學」如何去破解「超科學」的神靈界？如某先知言：「**當科學發展到盡頭的時候，才發現神已經在那裏等待了幾千年。**」

或許陽間與神靈界溝通往來的關鍵，只是需要像「芝麻開門」一樣的通關密語，但正確的通關密語又是什麼呢？通關密語只有萬中選一的一句？還是有八萬四千法門皆可通用？有賴相信神靈界存在者與我等香積法門同行師姐師兄們堅定信念潛修實踐，參悟陰陽合和虛實相應之道，惟法從心生，萬法惟心爾。

本書得以順利彙編定稿出書，謹感謝　香積如來師父及眾神佛的庇佑，以及過去這些年來所遇多位為神靈代言的老師，賜予我這麼多殊勝的奇遇體悟機會。感謝引領我開始學習打坐修行，引領我入香積如來法門的Golden 香興師兄；感謝香積法門同行師姐師兄們，協助我一路上在探索中學習驗證，特別是香一師姐、香豐師兄及香音師姐協助驗證我的知覺體悟不是幻視幻覺，深刻體驗到與神靈的真實感應，漸漸相信自已了了分明的直覺。感謝香一師姐分享提供許多殊勝精彩的個案資料，以及香音師姐提供本書封面及封底定稿的香積法門重要印記。

謹感謝多位好友社會賢達惠賜推薦序文，香若師姐、香殊師兄共襄盛舉分享同在香積法門的精采故事，共同見證神靈與無形眾生的真實存在；感謝台灣新創業者創業教育搖籃推手彭思舟博士，以及華通國際法律事務所劉振瑋所長、道法法律事務所蔡清福所長，百忙中仍撥冗為文賜序，讓本書蓬蓽生輝更添光彩。藉此深致謝忱之外，謹將所有的感謝，都化為弘法利生的動力！

推薦序一——人有善願，天必從之

趙予彤　香若師姐

有些事，許多人遇到過，卻不敢提，有些事，明明擺在眼前，還是不敢信，殊不知，自以為是的世界，並非全貌。

香輝師兄在這本《拉拉山林奇遇記》中，鉅細彌遺的記錄了自己的靈異經驗，他的紀錄裡沒有驚駭醜陋，而是充滿了溫馨的暖色調。有冥冥之中轉敗為勝的官司，也有師徒之間無法言說的默契，亦師亦友的情誼，一句「萬法惟心開不開」，更點破了修行的關鍵。

六年前，法門師兄姐齊聚綠窩民宿，彼此分享修行的心得。那天傍晚，我們得知一個訊息，香輿師兄的朋友即將出現，一時間大夥兒驚訝不已。聚會人員通常是很久之前預定的，突然之間出現來賓，是破天荒開了首例，想必此人跟法門因緣很深吧！我那時這麼相信著。

那晚的香輝師兄帶著很深很深的執念踏入緣窩，正如他所說，他當時無法全心全意擁抱香積法門，是因為對往昔師父的眷戀。前半場，師兄姐跟香輝師兄說之以理，道出修行經驗中，曾走過的迷途，然後如何折返。眾人苦口婆心，但執拗的香輝師兄不為所動，在談話的過程中，求渡的眾生一波又一波的湧來，我們只得暫停對話，用心渡亡。後半場，豐師兄直接從地獄將祖古澈桑仁波切的靈調上來，附身在師姐身上，讓他們師徒倆自己對話。

夜已深沉，從地獄上來的靈趴在地上，沉默不語，香輝師兄懇切的問候與頻頻試探，除了他自己還有誰能確認靈體的真實身分呢？我們安靜的看著眼前的一切，凌晨一點多，靈體離開了，聚會也散了。當時的我們並不知道後來會如何，但這樣震撼的一堂課，直到六年後，仍歷歷在目。

香輝師兄的「大心」和「態度」，一直帶給我很大的啟發。對於「不如法」，他會試圖還原本來面目，返回尚未黑化時期的純真，不僅讓世間少了一個魔，更讓魔成為正能量的護法神。當他得到地獄的通行令旗，他想的是一層又一層渡化地獄裡的眾生，曾經因為貪嗔痴慢而造出的惡業，只要懺悔，便能得渡。日復一日毫不間斷的行動，那是怎樣的慈悲心啊！

書中寫到許多經歷，我很有共鳴，我的肩膀曾經因為過度操勞而患上五十肩，手不能舉的揪心，以及治療過程的撕裂疼痛，在尋求各種治療而不得解，後來在靜坐中不知不覺痊癒了。多年前在大陸東北旅行，來到一處曾經被火焚燒過的教堂參觀，離開教堂後，渾身不對勁坐立難安，有靈異體質的朋友告知我被靈跟上了，但他也無能為力。當晚，香一師姐神奇的傳來簡訊，說「師父賜法號香若，若水上善師期許」，大郭師姐為我打開脈輪，並且傳授玄雲大法。那晚，我用玄雲大法渡亡，不只是停滯在那間教堂裡的所有靈體，還有旅程中路過的地方，那些飄飄蕩蕩無所依歸的靈，隨著玄雲而去，直達祂們心中的淨土。

香積法門的法很玄妙吧！香一師姐總說：「心有多大，法就有多大，人有善願，天必從之。」在《拉拉山林奇遇記》一書中布滿了善種子，願這善種子能處處開花又結果！

推薦序二——方便法門方便法

史智仁　香殊師兄

與作者香輝師兄結緣，就在這本拉拉山林奇遇記中第三章提到的香積法門。看過了這本書後，讓我受用很大，收穫很多，非常感謝師兄透過文字形式的經驗分享。

香輝師兄書中每階段的功課都有著不同的經歷及體悟，由外而內、從有形到無形，每篇故事都可細細品味，串連起來又可看到香輝師兄在修行路上不斷的提升精進。

信息場、靈界雖然在多數人眼中是未知的、無法體會的，但也不能因此而否定它的存在，從經典及我個人的親身體驗上舉個例子說明：

大智度論卷八提及：「病有二種：先世行業報故，得種種病。今世冷熱風發故，亦得種種病。」我以前身體時常有肩頸痠痛的症狀，當時只覺得是姿勢不良導致，常常以按摩的方式來舒緩，但是這問題卻多年來一直反覆的困擾著我。

一直到入了香積法門後，在法門分享會上聽到一些師兄姐們分享著他們在遇到亡靈求渡時的經驗，每個人遇到時身體的感受都不一樣，但每次遇到時相同的感覺就會出現，渡亡結束後就好了。當時我忽然起了一個念頭，心想困擾我多年的肩頸痠痛會不會是遇到亡靈求渡，心中生起想要渡化亡靈的念頭，經過師兄姐們的指導，過一會兒症狀就得到紓解，再經由一些師兄姐的確認，亡靈也算渡化完成了，這也是我首次體驗渡亡。很高興，從此我也就多了另一種形式的法佈施。

這本書不僅是作者的自傳及旅遊筆記，對於正在尋回真如本性的讀者，相信會有很多的啟發。

推薦序三

彭思舟　中國文化大學法學博士
VFT創業國際實驗教育機構創辦人
沃客買創業投資股份有限公司創辦人

欣聞家亨學長將其寶貴的生命經驗，繼《拉拉山林打工記》後，又將再出版《拉拉山林奇遇記》，以勸善濟世的方式跟大家分享。人到中年，不是上有老下有小，就是內有家事外有工作，沒有任性的權利，很多時候早已沒年輕時的「鐵齒」，真正遇事難決時，亦如孫子兵法，除要人算、廟算外，也重視「天算」，以及順勢而為，而不會逆天行事，不求事事圓滿，起碼問心無愧。

尤其，家亨學長這一本《拉拉山林奇遇記》，標誌著學長立下弘法利生終生志業的決心，從這本書上看學長處理許多案例的經驗，以及自己親身經歷過的事證，更顯示其以豐富的職場人生歷練，再輔以博士級的科學態度與驗證，以一篇篇真實故事勸善濟世，幫助所有讀者在個人的努力與堅持之外，也能掌握更多天地之間傳達給自己的訊息。

從在北京中國人民大學結緣到現在，認識家亨博士學長應該也約有二十年了，一路看學長經歷各種法門並持之以恆的潛心修持，且一直以大愛無私的心奉行利益眾生的事，這本書正是學長得之於天地的寶貴經驗結晶匯聚，現在藉由本書將其分享於大眾，欣見學長又一部榮神益人的創作出版。

世事洞明皆學問，處事練達即文章，在此鄭重推薦所有年輕人、修行者、探究靈學者，以及生活中遇到迷惘困頓者，都能來閱讀一下家亨博士的這本《拉拉山林奇遇記》，相信您會從中獲得一些啟發，也藉此與拉拉山林博士以及與您有緣的神靈結緣。

推薦序四

劉振瑋　律師
華通國際法律事務所　所長

多年前家亨兄服務的一家公司有一件涉外案件，找到我處理，在他細心負責且有擔當的作為下，我們合作很快使案情翻轉，使我認識到他的積極進取精神，和一般的 In-house counsel 不一樣。由於我們有相同的宗教信仰，雖然不經常來往接觸，但感覺上心念很容易溝通。

家亨兄在大陸獲得法學博士學位，學貫中西、兼容兩岸，尤其具備企業角度的敏感度（Industrial expertise），使他的視野和分析能力和一般律師不一樣，這是我很佩服他的地方。尤其重要的是，他為人寬厚、樂於助人。我常想，如果一個法律人，法律專業再好，但沒有良知、道德，可能作惡更多，不如不學法律。

我仔細拜讀了他的兩本類似自傳，又略帶傳奇的書，有些的經驗我有，有些還真沒有碰到過。他的文筆略帶詼諧又充滿悲天憫人，可謂「筆鋒常帶感情，筆端直指人心」。我相信看過他的著作，很多人會好奇他的經歷，但我深受他的真誠感動。

同為習法者，在看了太多的爾虞我詐、弄虛作假的濁世詭計，能保持清明在躬，時刻不忘提醒初心，需要有家亨兄這樣的朋友。

推薦序五

蔡清福　律師
道法法律事務所　所長

家亨學有專精之餘，更難得忠於職守。幾次擔任業界要職，秉持受人薪水，自當不能有半點辜負業主之心兢兢業業從事，可見其光明磊落性格。

人生旅途除名利處處誘惑外，有時一己之堅持可能涉有某種危害、危險，但家亨總是言所當言、行所當行。對象如是業主，總是抱持「此處不留爺，自有留爺處」，瀟灑遞出辭呈，視五斗米如無物。如是國家行政機關或司法機關，則效關羽以滿身正氣正面周旋。

「子入太廟，每事問」，家亨於人生旅程不斷追求真理、正道或究竟之路。現下進入香積法門，聞其言行，大有如魚得水之態。家亨本有助人性格及濟世熱忱，今既入此法門，頗有陰陽相得之狀。所謂天助自助者，在家亨及同門同修共同努力下，社會或許能享有「來自眾香國普薩，誓願改造娑婆界，無有貧病苦眾生，社會祥和極安樂。」之庇蔭。

家亨曾從師「祖古澈桑仁波切」，並在書中描述陰陽相會情節，頗是引人入勝。故事信而有徵，但求道即在、貴在追求究竟，藉此徹底撕去無明因子或障礙，建議家亨日後如遇有類似狀況，不妨更深一層挖掘，俾利己之餘，冀風雲際會當下，進一步普渡眾生。依個人之見，如再與昔師相逢，不妨追問或再增述詳情：一、師父一生力行渡人，不斷行善積德，緣何往生地獄？二、既已往生，當不再計較難言之隱，如令世人有所取鑑，庶免相同或類似遭遇，師徒豈非再增功德一件？三、依何方式將昔師渡上香積如來淨土？如有大罪孽，為何僅因有人相渡，即得自地獄超生香積如來淨土？四、如此往生淨土是否相對容易，是否該如何重行定義人間善惡終將有報？

人生乃一無盡修煉場，進境無極限，層次何其多；修行無了時，頓悟天工奪。著力於斯，「普天同慶淨土成，圓滿成就歸鄉路」或屬可期也！庶共勉之！

第一章
隨筆札記

活了半個世紀，跑遍半個地球，在職場工作多年，經常有機會出差出國到處跑，不論是去談合約還是打官司，東征西戰穿梭於國際，東至美國曼菲斯、紐約、加拿大多倫多，西至德國法蘭克福、義大利維羅納、法國巴黎、英國倫敦，北到瑞典斯德哥爾摩、芬蘭赫爾辛基，南到馬來西亞、印度，到香港、大陸更是頻繁難數，只差沒飛過大西洋，不然就可以集滿飛行地球一圈的機票根了。不論是出國出差旅遊，還是平日的生活之中，總是會經歷許多新奇的人事物，我習慣把這些經歷的點點滴滴記錄下來，化片刻的感動為永恆的記憶。

1.1 反敗為勝的AST案

這一件案子，若敗訴須賠償美金一千萬元，若勝訴則獲償貨款美金四百四十萬，這是一場反敗為勝的貨款催收案件，之所以決定寫這篇稿，不只是因為它足可做為一件引為殷鑑的法務案例，更因為這件案子能逆轉勝訴，包含了許多同事的珍貴情誼，也意外牽扯到民族大義，他們悄悄地來，默默地去，我若不寫出來，恐怕沒有人知道這個案子的意義，匯集了多少離職與在職同事無私的大愛，與對公理正義的執著。

二〇〇一年六月一日星期五凌晨兩點三十分（美西加州時間五月三十一日星期四上午十一點三十分），才剛入眠電話就響，還來不及撐起身子接電話，就已聽到Pearl迫不及待又興奮地對答錄機講話：「Henry！趕快起床！趕快起床！我是Pearl，要告訴你好稍時……」聽到Pearl粵腔國語興奮地講「好稍時」（「好消息」），我剎時清醒睡意全消，我知道我們贏了！喜悅之情難以言喻，無意識地走到陽台，看著遠方高速公路流動閃爍的燈火通向無垠夜空，彷彿可以透視到正值白天的美西加州，想立刻告訴每一位參與本案的其他同事，在職的與離職的，有幾位甚至是我還沒見過面的，我也想要告訴你們「好稍時！」我們打贏AST了！

這原本是一件單純的海外貨款催收案，但是在我接手時已經是不戰而敗的局面，最糟糕的狀況是，我方委任的美國律師寧願不收我們律師費，寄來停止服務通知書以及訴訟代理人終止委任同意書，請我們儘快簽回另請高明，因為律師認為我們這個案子輸定了，因為我方公司 G-Tech USA 已結束營業，人員資遣離散，檔案封箱，我方已無人力去翻箱倒櫃，尋找足以支持債權存在的買賣交易相關文件，因為我方重要的證人都不願出面作證，因為我方沒有一個人可以真正對律師講清楚與客戶 AST 交易的前因後果來龍去脈，因為我方沒有一個人可以出面具體舉證反駁 AST 異議反控我方違約的種種理由，因為我方付律師費總是延誤，因為律師都在幫我們處理美國各子公司 Maxtech USA、BCM USA、G-Tech USA 一家一家結束營業留下來的案子，後來連 GVC USA 也賣掉了，最後輾轉風聞台灣的母公司 GVC 致福公司根本早已賣掉了（註：一九九九年被光寶併購）！律師很擔心連母公司 GVC 也結束營業，白忙一場收不到律師費不打緊，輸了官司還賠上律師個人及事務所聲譽事大！要證物沒證物，要證人沒證人，連律師費支付都顯有疑慮了，種種原因使得這個案子幾乎是到了不戰而敗的地步，不但貨款美金四佰多萬催收無望，反而面臨對方反控我方違約要求損害賠償一仟萬美金的危機。

本案發生的遠因不談，近因要自一九九八年底 G-Tech USA 結束營業前開始談起。在美國一批自 PackBell 離開的人成立 AST 公司，除握有一般店頭通路市場外，AST 欲開發消費者自電視購物頻道或網路採購電腦用品的市場，供應商須有量產能力，及依照客戶下單即時發貨（Build To Order, BTO）的能力，因AST與台灣GVC雙方老闆是十多年商場交情的舊識，自然找上GVC合作當供應商，GVC便以美國子公司G-Tech USA做為在美國與AST配合之公司。AST自一九九八年開始陸續向G-Tech USA下訂單採購組裝個人電腦系統，剛開始時訂購數量少，之後便開始藉詞不付貨款，一九九九年底G-Tech USA結束營業，本案成為唯一一件貨款未收回之案件，當時G-Tech USA礙於雙方主管為多年舊識故低調催促付款，直到二〇〇〇年三月才正式在美國提出民事求償訴訟。

訴訟實務上有一句法諺，「舉證之所在，敗訴之所在。」意思是說訴訟打官司時，雙方應就對自己有利的事實負舉證（物證、人證）責任，如果提不出有利的證據，往往可能因此而敗訴，本件AST案就差一點兒因此敗訴。本案在美國進行訴訟期間，僅有財務主管Philip葉一人負責G-Tech USA結束營業後的清帳事宜，因此理所當然地兼管了這件訴訟案，但本案相關人員與歷史資料牽連甚廣錯綜複雜，豈是Philip在孤軍奮鬥清帳之餘的些許時間與精力可兼管的來，最後Philip也在心力憔悴下提出辭呈。

這下子本案可真是寡婦死了兒子快沒指望了，也因此我方律師已萌生退意，山窮水盡疑無路，但四佰多萬美金的貨款怎能輕言放棄？更何況輸了官司還得倒賠對方一仟萬美金，折合台幣三億多元，此案勝負影響非同小可，於是乎，筆者便接手本案「潦落去」！就在春寒料峭的二〇〇一年二月天，農曆新年假期剛過，風中尚隨處可聞鞭炮煙硝味兒，還有許多幸福的人兒在放春假哩，筆者已開工奉命動身啟程前往異域交接去矣，那也是我第一次到美國出差。

Philip 特地再回公司與我辦理文件交接，一櫃一櫃、一箱一箱、一綑一綑的文件，Philip 尚未及全部翻閱，整個案情的前後來龍去脈也尚未釐清，僅能就眼前所有所知和我交接，其餘的，「革命尚未成功，請 Henry 繼續努力！」Philip 離開公司前對本案最大的貢獻，就是他已把所有與 AST 往來的Invoice、出貨單資料等都集中在一起了，在與 Philip 交接此部分的同時，很快的就一併找出我方所主張的四佰多萬美金貨款債權的相關單據及文件。債權文件搞定，是日已近黃昏，GVC 在美國開疆闢土元老級人物之一的 Philip 功成身退，夕陽餘暉中默默地離開公司，落默之情，看在幾位老同事眼裏，心裡真是百味雜陳，再多言都是贅語，只能握握手輕聲道一句：「多保重！Take care!」

有了文件，凡事都有追索查證的眉目，在那同時，GVC USA 許多同事也熱心竭力地提供所需，協助我了解案情，特別是Kenneth陳總及 Joshua Ko、Schott Yeh、Schott Huang、Pearl Lee 等幾位 G-Tech USA 的前朝遺臣，他們在不同單位或多或少都還有接觸到 AST 這個客戶，一週五天我們幾乎天天都花些時間研討本案，一起檢視對方答辯狀中所記載的七十幾項抗辯理由，逐一討論分工，各就個人當時所司職務負責回憶與回答，或者負責幫忙找其他當時負責的同事來回答，也藉由他們協助聯絡到幾位已離職的同事，Susan Chang、Sam Dom、Ray Wong 等，就這樣在短期內密集開會研討，集思廣益匯總答案。山窮水盡疑無路，柳暗花明又一村，整個案子的來龍去脈從此豁然開朗，對 AST 所提各項抗辯事由的反駁論證也了然於胸！

我邀請委任的美國律師到公司來面對面開會，讓當時的各經辦人現身說法，直接向律師說明經過情形，逐一反駁 AST 指鹿為馬模糊焦點的不實抗辯藉口，也讓我方律師對本案重建起完整的認知，已離職不克到場的同事也都留下聯絡電話給律師，方便律師隨時聯絡釐清案情。隔日，換我特地去我方律師的事務所拜訪，當面向承辦本案的律師團介紹說明，台灣 GVC 母公司合併入光寶集團後對本案的關切與助益，公司合併後全球組織瘦身的目標、過程與成效，及總公司對本案之高度重視，並溝通討論有關律師費用的付款作業細節，加上前述所需資料與證人已完整提供，並請 Pearl Lee 做為 GVC 母公司與美國律師間的聯絡窗口，成功地重新建立起雙方的互信基礎。本案至此重燃生機，人員、彈藥備齊，開始絕地大反攻！

律師依據我方同事證人們所述事實，很快地正式提出書狀反駁 AST 所指各項不實抗辯事由，接下來就是更精彩的訊問證人與開庭審判過程。原則上證人作證是要本人親自在法庭為之，在陪審團、雙方人馬及旁觀席聽眾環視聚焦注目下，接受對方律師詢問，律師都希望在現場反覆質問下能抓到一些矛盾把柄，再將其引申推論為證人說謊、證詞不真實、會說謊證人的供詞不足採信，然後否定其全部證詞之效力、證據力，最起碼也可以改變或動搖陪審團對證人證詞的採信程度。於是乎雙方律師在質問對方證人時，都無所不用其極地套問、嘲諷、激怒對方證人，設下問答圈套，就如同電視電影裡律師在法庭質問論辯的劇情一樣。

除法院出庭作證外，在特殊情形下（例如證人在國外不及出庭應訊），如經雙方律師同意，也可在法院開庭前，在雙方同意之處所以錄影方式進行訊問（Video Deposition），一般就在委任律師的事務所裡進行，雖沒有陪審團及其他閒雜人等旁觀，但面對對方律師不留情面、不顧人性尊嚴的質詢態勢，還是一樣會令被質問者為之氣結。AST 的委任律師知道我方美國子公司已人去樓空，故意策略性傳喚我方相關人員，幾乎把我方所有與本案沾得上邊的人全數要求傳喚應訊，或者做 Video Deposition，或者於開庭時出庭接受質問，甚至二者皆須為之。

本公司先後去做證被訊問的人，上至 GVC 台灣母公司高階主管江董事長、電腦事業群戴總經理，下及在美國員工 Joshwa Ko、Schott Yeh、Schott Huang、Pearl Lee、Sam Don、Nancy Chang，此外還有Jessica Kuo、Keith Huang 等人，而這幾位同事多已先後離職，嚴格說來目前只有 Pearl Lee、Keith Huang 還在公司裡任職，其他同事均已不在致福公司了。在美國，被通知應訊當證人者是可以拒絕出庭作證的，但我們這幾位同事都挺身而出，特別是在當時已離職者，在致福因營運策略所需而被資遣或結束其部門之情境下，他們還願意出面應訊作證替公司講話，除了因同事誠懇的請託外，對服務多年的致福公司仍有一份情義，更有著為正義公理的執著，不容 AST 歪曲事實惡意抹黑我方公司。

二〇〇一年五月中旬，本案於加州洛杉磯地方法院正式開庭上演洛城法網般的劇情，歷時兩週，筆者幾乎每天從台灣打越洋電話與律師團或 Pearl 聯絡討論戰情，我方律師雖樂觀表示有六、七成勝算，但亦憂心地告知表示，每天開庭時，對方除了出庭的辯護律師團、助理律師外，其公司負責人 Beny 率同證人及幹部等約七、八人每天出庭旁聽，而我方僅有 Pearl 間隔地抽空到法院去旁聽，雙方出席旁聽陣容相差懸殊，且我方也沒有任何高階主管或代表出庭旁聽關切本案，這容易造成陪審團對我方留下不重視開庭的負面印象，此其一。其二，值此開庭期間，恰巧電影新片「珍珠港」（Pearl Harbor）在美國上演後，最新的一份民調資料顯示，有超過兩成的美國人對亞洲人懷有莫名的負面種族情節。三，AST 委任的律師事務所規模排名是美國前三大的事務所，與各方關係良好，包括法院，訴訟鮮有敗績，表示對本案最後陪審團的判決結果會是如何，仍懷有幾分變數隱憂……

我回答律師說，謝謝您這段時間的辛勞努力及提醒，我無從評論珍珠港的歷史問題，也不評論為何 Beny 和他的助手、員工每天都可以一起到法院，看起來就像去法院上班一樣，我只是想讓您知道一個事實，就如您所知，我方被傳訊的十多位證人，有的人已經從公司離職，有的人正向公司提出辭職，這些人都可以拒絕出庭為公司作證，但在過去開庭的這段時間，他們都願意專程出庭為公司作證，包括美國籍的員工，我相信您可以很容易地分辨出雙方證人之間的背景差異，以及其中代表的不平凡意義。關於第三個問題，我至今未改變對您和您律師團隊的信任，難道您不認為該是輪到您為自己記錄一段輝煌歷史的機會到了嗎？

果不其然，如考前猜題，在最後開庭結辯的那一天，AST的律師拿我方上至公司負責人下至員工證人皆漠視法院開庭大作文章，我方律師早已經好整以暇地準備好強而有力又感人的說詞，成功且漂亮地讓法官及陪審團明白，刻苦勤奮而含蓄的中國人，形雖離而神相隨之行事哲學，一如美國西岸今日的繁榮盛景，正是百年來許多離鄉背景的中國人在檯面下默默耕耘奮鬥的歷史寫照。本案於八月判決確定我方全面勝訴，AST應付G-Tech USA貨款連同利息總計逾美金四佰四拾餘萬元。

「首行元宵已中元，自古圓缺難永全，銘文記述真情義，漁樵茶香談笑間。」筆者感念所有參與本案的同仁，以及提供筆者在美期間工作與生活上協助的朋友們，謹以本詩文銘記濃情厚誼，並祝福遠在他鄉奮鬥的他們，都能無憂無懼地面對生活中的考驗與挑戰。

1.2 北歐遊記

初遊北歐

二〇〇二年一月下旬，午夜十一點五十分，EVA 班機在下著迷蒙細雨的夜裡從台灣起飛，氣象報告說寒流明天來襲，最低氣溫將降到十度左右，而此行的目的地是氣溫在零度左右的北歐國家——瑞典。

十四個小時的航程，飛機抵達法國巴黎戴高樂機場，當地時間是早上八點，下飛機的那一刻感覺是很奇特的。Paris！我到歐洲來了！由於緯度的關係，巴黎晝長夜短，早上八點才剛要天亮而已，天空是深藍色的。我和 Tom 陳、Weber 蘇副總三人同行，在巴黎戴高樂機場等待轉機到丹麥哥本哈根（Copenhagen），舉目所及的人物景觀就是很法國味。巴黎到哥本哈根的航程兩小時不到，到哥本哈根時正值中午，這裡的感覺就更歐洲味了！John 王和 Bonnie 林在哥本哈根等我們會合，我們一行五人看來是這哥本哈根機場裏唯一看到的東方面孔，但丹麥人看東方人大概也很習慣了，面無表情，反倒是我這初逛北歐大觀園的林姥姥看到歐洲的人物景觀處處新奇！

北歐國家交通聯結建設挺發達的，我們在丹麥哥本哈根走出機場，就從地面走電扶梯到地下室，直接轉搭火車到瑞典去，過了一個海峽[1]就入境到瑞典了，好像台北縣過了淡水河就到台北市一樣方便，而且不須特別再去辦出入境簽證，孔子世界大同的理想好像在歐洲中更國家實現了，不禁想到台灣海峽兩岸同文同種的國度，何時才能成為直接來去的世界大同國度呢!?

此行目的地是瑞典南方的隆德市（Lund）[2]，從哥本哈根轉搭火車通過厄勒海峽大橋，到瑞典第三大城市馬爾默（Malmö）換車，跨境火車乘客不多，我們一行五人就佔據了一節車箱，只有一個看似獨自旅行的老外和我們坐在同一車箱裡。中國古訓有言，要廣結善緣，還好有這老外在，因為中途我們下錯站，以為到馬爾默了，提了行裏就要下車，被那好心的老外叫回來，因為在火車上與那老外寒暄閒聊幾句，他知道我們從台灣來出差，要到馬爾默換車。

1 厄勒海峽，連結丹麥與瑞典的厄勒海峽大橋於二〇〇〇年正式通車，主體重八萬兩千噸，兩座金屬橋塔高兩百零四米，大橋跨度達十六公里，是歐洲最長的大橋之一。這座大橋連接了丹麥首都哥本哈根（Copenhagen）和瑞典第三大城市馬爾默（Malmö），坐火車從馬爾默市中心到哥本哈根市中心不過三十四分鐘，這一地標成為歐洲跨境聯通最出名的象徵。

2 隆德市（瑞典語：Lund）是瑞典南部斯科納省的一個城市，城市大約建立於九九〇年左右，當時斯科納地區歸丹麥管轄。一一〇三年隆德大教堂矗立起來，並成為大主教駐地，隆德也因此很快成為北歐基督教中心。隆德也是隆德大學的總部，該校為斯堪的納維亞最大的教育和研究的機構。搜尋節錄自維基百科。

到了馬爾默我們下車，原以為要換搭另外的火車，我們在月台上等到發車時間都到了，還看不到另一列火車來，而原先搭來的火車也沒開走，月台上原本還匆匆往來的人群突然都消失了，只有我們突兀的一群東方人鵠立在月台傻等。John 去詢問月台上的服務人員才弄清楚，原來原乘火車是「Y」字形的先開到馬爾默，短暫停靠後即原車掉頭開往隆德市，一行人急忙拎起行李，在火車開動前一秒跳上原乘火車。「路長在嘴上」這句話一點沒錯，特別是出國到人生地不熟的地方，搭乘交通工具還是多問問，以免下錯站又上錯車，獨在異鄉為異客，想求救都不知該如何解釋自己置身何處！

到了隆德市，步出車站馬上被這小城市的景觀吸引，舉目望去都是典型歐洲風味百年不壞的磚造建築，馬路路面都是花崗石石磚鋪設而成的，連白色的斑馬線都是特別選用白色的石磚，可以深刻感受到瑞典人對環境景觀設計及維護的用心，雖是科技高度發展的國家，居住的環境確仍堅持傳統原始而且自然的建材，營造出來的都市景觀就是那麼的溫馨而迷人。

我們一行人各自拉著行李箱往離車站不遠的住宿飯店 Hotel Lundia 走，五個行李箱在石板路上拖拉起來，喀啦作響的聲勢也頗驚人，無意間似乎破壞了這小城市的寧靜，路人紛紛投以注目禮，我這才發現原來路上不是全部都是小塊石磚鋪設，其中有大片平整的石板道，不知是否專為拖拉行李箱而設，行李箱在這石板道上拖起來是平順省力又安靜多了。

Hotel Lundia

隆德是個充滿文化氣息的小城市，而 Hotel Lundia 就位在這小城市的中心處，附近有隆德大學及超過千年歷史的隆德大教堂及古堡，甚至一般的民宿住宅看來也有數百年的歷史了，從 Hotel Lundia 均步行可及。筆者打從心底喜歡這個住宿飯店，因為這個飯店本身就融入這個小城之中，是參訪附近景點的最佳驛站。

Hotel Lundia 有著樸實的歐洲風味，我特別喜愛房間裏的一張鹿皮椅，椅墊背靠都是用北歐特有的馴鹿皮製作的，質感與常見的牛皮椅不同，晚上回飯店就喜歡坐在這張鹿皮椅上寫作業。而從房間打開窗即可欣賞北歐的獨特風情，對面的建築物、商店街、石板路，所見之處都是迥異於亞洲的風格景觀。因為鄰近大學，來來往往的行人看起來大都是學生模樣，大清早天未亮即可見學生形色匆匆地趕著到學校，晚上所見在街道散步流連者，大多也是學生模樣的行人。

在這城市發現一樣特別的交通景觀，就是腳踏車很多，腳踏車對瑞典人而言不僅是交通工具而已，更是一種健身器材，在馬路街道上都特別規劃標示腳踏車專用道，而筆者也發現腳踏車更是在隆德這小城市自由行的最佳交通工具。Hotel Lundi 有幾輛腳踏車可供住宿客人借用，借用率還很高哩，有一晚回飯店時發現腳踏車還有一輛未被借走，時間還早且沒下雨，我趕緊將公事包放回房間，換穿重裝備，因為天氣極冷，要騎車得將毛衣、圍巾、毛線帽、皮手套等禦寒物全穿戴上身後，就去櫃台借腳踏車夜遊小鎮去了。

單騎夜遊

這是個很愉快而驚險的旅遊經驗，才剛騎上腳踏車要下坡過個十字街口，遠遠看到有輛汽車橫向而來，本能地要煞車時，心裡一驚，糗大了！怎麼沒有手煞車⁉這腳踏車兩端把手怎麼都沒有煞車拉把⁉沒煞車的腳踏車，難怪沒有人借。但心裡又想，不對呀，飯店應該不會把沒有煞車的危險腳踏車提供給客人使用才對，這腳踏車應該是有煞車的，但是怎麼煞車？要怎麼讓這車停下來咧？

危機處理，急中生智，心想這腳踏車不是手煞車應該就是腳煞車，但腳煞車又不像汽車、摩托車有煞車踏板，那究竟是怎麼個煞車法⁉就在腦筋高速運算思考所有可能的煞車方法的同時，也手腳併用緊急嘗試各種可能的煞車方式，腳踏車已經順著斜坡加速往下衝，都快衝到街口了，那輛橫向而來的汽車也已經發現我沒減速猛衝，對我按喇叭示警，就在千鈞一髮之際，手忙腳亂中把腳踏板往回踩，車減速下來了！原來把腳踏板往反方向踩就是煞車！在此分享經驗心得，下回出外旅遊借用飯店的交通工具時，先不急著上馬，最好先研究清楚機械結構、操作方法及減速煞車方式後再上路，以策安全。

隆德小城夜間感覺很溫馨，沒有大都市俗媚的霓虹燈，所有的商店住家及路燈，都是一盞盞鵝黃溫暖的燈，連長型的日光燈管都是黃光而不是白光，也許是因鵝黃的燈光更能增加溫暖的感覺吧。騎著腳踏車在小城石板路上穿梭漫遊，欣賞每一棟建築，每一家商店，及散步街頭的人，置身其間去體驗小城的迷人風情，感覺真的是很浪漫。但獨自一人在冷颼寒風中漫遊異國街頭，也讓人產生一種如夢似幻的感覺，彷彿時空錯置，睡夢中忽地置身在另一個世界裡。

在石板路上騎腳踏車，需要費點手勁腳力控制車子行進，其實還挺累人的，騎沒多久就已經汗流浹背，充分達到運動效果了，但衣物包不到的地方，耳朵及臉頰早已被凍得失去知覺，路旁的溫度計顯示「4℃」，但我懷疑這北歐的溫度計是否凍壞故障了，那又冷又凍的體感溫度，感覺應該是零度以下的溫度了，地上積水處都還可見冰霜未化，怎麼會只有「4℃」⁉騎了約莫半個鐘頭而已，似乎就把這小城逛遍了，但應該還有許多值得仔細觀賞之處，只是隱藏在夜幕中沒被我看見，希望白天能有時間再來一趟小城巡禮，好好看個清楚這個隆德小城市風貌。

臨行一瞥

因為回程機位安排問題，我和 Tom 結束原定的出差業務後，得以在隆德多待一天，可能是在參觀那六世紀的古老大教堂拜碼頭時拜拜管用了吧，來瑞典出差數日連續陰雨的天氣，竟然就在離開瑞典前的最後一天出太陽了！機不可失，我和 Tom 兩人利用這最後一天的時間徒步瀏覽隆德小城。

大白天裡看風景是清楚明朗多了，尤其是出太陽的大晴天，我們從飯店出發開始步行，經過那沒有圍牆的隆德大學校區，經過已有千年歷史的隆德大教堂，漫無目標隨意走，專挑沒走過的地方走。沿途看到許多古老建築物，應該說是看不出來那一棟建築物是新蓋的，整個小城建築景觀是那麼地協調，不得不欽佩瑞典人維護古蹟及市容的用心與成就，而且這些古老的建築物都還在使用中，老當益壯，亙古彌新，風華不減，瑞典人深以擁有這些歷史文化遺產為傲，相信這些有歷史的建築物都會繼續完整地被保存下去。

因為回程班機是隔天一大早七點半自丹麥哥本哈根機場起飛，我們提前一天下午就先搭火車離開瑞典隆德，到丹麥哥本哈根機場附近的旅館過夜，入住旅館後便叫車到市區去覓食，計程車可是賓士 S320 喔！心裡想旅館怎麼會叫來這麼高級的計程車，後來到了市區才發現，計程車招呼站一長排的計程車都是賓士，原來滿街的計程車都是賓士哩！算是高貴不貴的交通工具了。

我們請司機載我們到市中心區，還真的挺熱鬧的，我們走馬看花地瀏覽商店櫥窗，才晚上七點多，許多商店就已經陸續打洋關門了，我們逛著逛著看到一家中國上海餐館開在二樓，一群餓虎便撲上樓去了。這餐館外觀其貌不揚，裡面裝潢倒是挺考究的中國風，來招呼的是一位道地的上海姑娘，自信滿滿地說本餐館是這附近出了名兒的，事後證明果真不假，菜餚道地好吃，只是少了幾分中國人的熱情與親切感，可能是在西方社會待久被同化了，我等四人點菜喝湯，原本希望來個四人份的一大碗羹湯，那餐館硬是規定一人一份，就是一人一碗無法共盛，也罷！既來之則安之，入境隨俗不壞人規矩，以許這也是該上海餐館出名兒的理由之一吧！

吃完飯想再去街上散步閒逛，下了樓發現十有八九的商店都關門了，街上遊人也少了大半，我們也累了，搭賓士計程車循原路回旅館休息，明日還得早起趕飛機哩。

雪伴歸途

隔日一早六點集合，走出旅館才發現滿地白雪，原來昨天夜裏悄悄下雪了，可惜我們急著上路趕飛機，無暇逗留賞雪，只能在計程車上欣賞一程丹麥雪景。從根本哈根搭機到巴黎再轉機，飛機在飛過東歐至西亞一帶上空時，從飛機上往下看去，一片雪白大地，那景象頗令人震撼，讓人深刻感受天蒼地闊世界之大，而雲層之上更有雲層，可謂天外有天，人居此蒼穹之間顯得是如此渺小，渺小得微不足道。古云「吃得苦中苦，方為人上人」，拜現代科技之賜，坐在飛機上就是人上人了，只是此際九霄雲外的人上人又是什麼心情呢？或許每個人的感受不同，而我的感受是—謝天謝地活在當下，珍惜光陰即時行樂，樂在工作生活，樂在慈悲喜捨，樂在與人分享每一刻生命中的感動。

1.3 騙子與郎中

二〇〇二年夏天，當接到大陸中國人民大學法研所碩士班入學通知的那一刻，亦喜亦憂，喜的是能夠如願以償考上人大法研所，憂的是當時經濟拮据，每個月固定收支之餘，已擠不出額外的銀兩進京註冊，自嘲活像是古代的窮秀才，幾乎要放棄入學念頭之際，突然領到一筆獎金，不多不少，恰恰夠我繳學費及支應往返北京的盤纏！

二〇〇三年底，公司人事紛擾異動，我毅然決定功成身退掛冠求去，卻因禍得福外派北京，讓我無斷炊之虞同時兼能順利修完碩士學分。二〇〇四年秋，我已修完學分且即將結束外派，心中滿是感恩，感謝這一切始料未及的人生際遇安排。

行將返台前三天，我從學校宿舍要走到外派的公司上班，行經人大校門外，看到一群人圍觀著一位跪在人行道上的小女孩，當年在北京街頭經常可見路旁行乞者，我通常不會好奇去駐足圍觀，但這一次看見的是個中學生模樣的小女孩，引起我的注意，看她在地上用學生證押著一張紙，紙上字跡清秀工整，寫的內容大意是說她來自外地農村窮人家，想趁暑假到北京打工掙錢籌學費，奈何找不著工作，又盤纏用盡沒錢坐車回家，竟落得流浪北京街頭，逼不得已踐踏自尊跪地行乞……

也許是因為我也是個窮書生，但比她幸運有公司支助，沒有流浪行乞北京街頭，所以對她多幾分關注，我拿起她的學生證看確認真假，一個面貌清秀的中學生，與她閒談探試幾句，談吐文雅應對不俗，看來真是落魄書生不像是騙子。一時感同身受，抱著感恩回饋的心，決定把戶頭所餘三千餘元人民幣傾囊相助，反正再過兩天週日就要回台灣了，這些人民幣就回饋社會捐給需要的人吧。

當下我表明意思，請她起身不用再踐踏自尊了，還請她到校門口對面的星巴克一起吃早餐，並約好週六早上九點鐘拿錢給她。豈料她竟然爽約，我在約定地點等到十點鐘仍沒等到人，我先是有些氣憤，要受贈取款的人竟然還放我鴿子，我等了一小時後就離開了。繼而一想，該不會是她在北京城多等兩天出了啥意外，那我豈不是罪過了？我反而擔心自責起來。

當晚在學校宿舍裡室友、同學幫我餞行，把酒言歡之際聊到在大陸曾經碰過的行乞者，有頭髮花白的老奶奶、結伴打工的年輕女學生、背著嬰兒牽著幼子的母子檔、抱著骨灰罐的孝子……，更談到在校門口遇到的女學生約好今天早上拿錢給她卻被放鴿子的事，室友和同學聞畢，狂笑不已笑不可抑，稍歇向我敬酒說道：「林大善人，那女學生不過是北京街頭常見的騙子之一，而她一定認為你是郎中，騙子中的騙子，哪敢赴約！」聞罷我也狂笑不已，痛飲白酒，真真假假，吾釋懷矣！

1.4 太湖清華寺

以前服務的公司在大陸蘇州設廠，離太湖不遠，每次到大陸廠出差必定要到太湖一遊，一年四季各有風韻，而春天油菜花田金黃盛開時，是最美的季節！

這幾張照片是好友ＯＫ先生（Oliver Kao）拍的，想起那時和ＯＫ在島上旅遊綠野覓仙蹤時，經過一個賣土產及湖鮮的小市集，我看到一個婆婆地攤上有兩隻可愛的小烏龜，我就買下那兩隻龜，陪我們在太湖的島上四處玩，到了夕陽西下時，原本想帶回公司宿舍養，但想想我只是來出差幾天，萍水相逢露水姻緣怎能誤小烏龜一生，就把那雙小烏龜放生回太湖去了，還特別祝福那兩隻小烏龜平安長大別再被逮了！好幾年過去了，那兩隻小烏龜現在應該已經長很大了吧。

有一次也是ＯＫ開車去遊太湖，在太湖旁的半山腰處，看到一個立牌上手寫「清華寺」，只覺此地居高臨下山靈毓秀，但不見有寺廟，只有路旁小徑深處有一黃牆屋瓦的民宅，於是拾徑而上，原來那貌不起眼的小小民宅就是「清華寺」。既來之，則安之，待我入廟禮佛參詳一番。

走至門前尚未入寺，就看到裡面供奉著一尊法相莊嚴的金面觀音佛祖，還有座前的金童玉女，都一樣雕工不凡法相莊嚴，顯非俗物，令我驚艷，更好奇這貌不起眼的小民宅何來如此殊勝不凡的神尊聖像，出自何處？這更要入內參拜了。

跨入寺裡，蕭牆四壁一眼望盡，但除了正中供奉的觀音佛祖及金童玉女外，左手邊供奉著一尊「龍王」聖像，法相莊嚴威儀出眾，雕工不同一般，令我暗暗一驚，真的是山不在高有仙則名，水不在深有龍則靈，廟不在大，有此殊勝神物遠勝一切。禮拜之後，與寺裡一位看管的大嬸攀談詢問，方知這清華寺果真大有來頭。

那大嬸說起清華寺的淵源，已有千年的歷史了，原本的清華寺佔地規模龐大，從最底下的山門就在山腳下太湖旁，前後殿左右廂好幾座建築一直延續到山頂上，香火鼎盛，太湖名剎之一。文化大革命時，破四舊，寺廟被紅衛兵大嗣毀壞，據說當時有參與毀壞寺廟的紅衛兵都陸續得了怪病或遭逢意外而終，其中一個帶頭的紅衛兵的姐姐篤信觀音，在紅衛兵毀壞清華寺時，冒險搶救了觀音殿裡的觀音佛祖、金童玉女還有龍王的金身雕像，掩藏起來才未被毀壞。該姐姐看到紅衛兵一個個出意外得怪病，知道是遭天譴報應，於是暗自發願為其胞弟贖罪，請觀音佛祖鑑察世局動亂，原諒其弟無知，她願意來日再為觀音佛祖重造寺廟再續香火，其弟不藥而癒。

說到那「龍王」神尊，供奉的正是太湖的龍王，該清華寺位在太湖旁半山腰，但寺旁有一清澈池塘，據大嬸說該池塘底通太湖，曾有一日中午她正在民房裡用膳，突然聽見外頭池塘有窸窸窣窣聲響及潑水聲，遂外出查看，豈料至屋外轉身到池塘時，竟見一長龍蟠聚在池岸邊曬太陽似的，瞬間不意而遇，大嬸與那長龍四目相對，嚇得大嬸呆若木雞不敢妄動，而龍王即躍入池中不見蹤影。那寺裡龍王雕像栩栩如生威儀不凡，令我印象深刻，希望很快能有機會再到太湖重遊故地！

太湖漁陽山麓　清華寺

1.5 故鄉 永遠是美麗的印記

在兒時記憶中
回故鄉埔里的縣道是條宛延長路
那時還沒有六號國道
在高中某個暑假回埔里玩
住在公路局總站旁二伯的家
喜歡大清早騎鐵馬出去四處逛
享受那鄉間清新高含氧的空氣
後來騎回埔里鎮上到了一個圓環
放射狀的六條馬路
不知哪一條是回二伯家的
剛好來了一輛公路局客運巴士
看到車前額頭上「台中－埔里」
靈光乍現——太好了！

我跟著這客運走就可以騎回總站
於是乎趕緊上馬加速追上
沿路經過所見景物都還有印象
就更安心的跟著客運巴士走
騎著騎著
來到記憶深刻的檳榔樹林的紅磚屋
那是我剛學會走路時回阿嬤的家
一時還沒反應過來繼續騎
來到了愛蘭橋頭？？？
我才緊急煞車！！！
?:※★&%$^!^$#@%^……
這橋我還認得出來方位
心裡才在唸看您老師咧
又看到一輛「台中－埔里」客運巴士
跟著往回騎總錯不了吧
又經過了檳榔樹林紅磚屋

記憶中回故鄉的路才校正方向
故鄉　永遠是美麗的印記

1.6

神啊！請多給我一點時間

超過預產期三天

08：30　我人在建國北路上賽車，接到太太電話說感覺到不一樣的痛，全面進入戰備狀況三！約定好緊急狀況通訊密碼是「一一九」。

13：30　太太說比早上更痛一點點，感覺還好，我人在台北GVC-HQ，忙到下午三點半離開！午餐買麥當勞戰鬥口糧在車上當下午茶吃。

16：05　移防抵達林口廠，打通電話給太太，太太說還可以，吩咐我早點下班回去載她下班！

18：35　終於可以走人了！可是路上塞車！

18：50　「你到哪裡了？我肚子三十分鐘痛一次！……」

God！狀況四了！我還塞在車陣裡！

「神啊！請多給我一點時間！」

19：10 終於看見熟悉的大肚婆身影，鵠立車水馬龍旁，接上了車。

「大概快要生了，但是我想先回家洗澡洗頭再去長庚……」她說應該還有時間，甚為堅持！

19：40 帶了所有該帶的上第一線囉！

車上順便討論一下晚餐想吃什麼？Nothing！先到長庚再說。

20：05 抵達長庚兒童醫院，目送太太自己散步走進去，我去停車。

20：15 停好車走回長庚三樓產房，太太剛換好產婦穿的粉紅色衣服，說護士內診已經開四公分了！……？？？

其實我沒什麼概念，只記得上一回生老大時好像是說開十公分才會生。

20：20 「你是她先生嗎？麻煩你……」還沒機會多問太太兩句，就被護士使喚著填表格、辦住院手續，跑上跑下，還要跑到對面大樓辦。才辦好跑回來，「辦娃娃的！」護士如是說。

哇哩咧！又要再跑一趟，怎不一次講完……＊＃@Xx＊※！！……

20：45 終於通通辦好回來了，可是太太不見了⁉

問護士，「在三號待產室。」

進待產室只見太太已開始強忍陣痛地呻吟，我問她要不要做無痛分娩？她已經沒辦法回話了！我只能撫著太太髮際陪伴她。

她趁鎮痛頻率喘息之際說——「叫護士！」

我趕緊叫了護士來，護士來看了一下就大呼其她護士來幫忙，也把我叫出去到外面等。

我在待產室陪太太大概不到五分鐘，之後只能在產房外等待。

祝禱母女平安，順便開始打電話通知家人。

21：28 「莊〇〇的先生⁉」「你可以進來看太太和娃娃了！」

護士小姐像頒發金馬獎般唱名叫喚著，父女相認的歷史性一刻終於來臨！

「Happy Birthday！」，既陌生又熟悉的感覺，新生命看似如此纖弱卻是無比強韌，心裡頭莫名的感動……！

須臾護士又開始交代事情，而我腦子裡此刻回憶起來只記得一句「母女平安」，等回過神來，好禮加載！嚇出一身冷汗！

謝天謝地！

感謝到醫院的高速公路上沒塞車！

感謝各位產婆護士們幫忙！

感謝太太和小孩這麼體諒又配合地撐到Friday Night！

感謝神！給我剛剛好的時間！

1.7 一棟城堡

拜現代科技之賜，失聯二十多年的花旗銀行老同事又聯絡上了，有了一個群組方便聯繫分享訊息。其中有位同事 Gordon 離開花旗後，在宜蘭羅東開了民宿，機緣成熟選期不如撞日，就到了羅東去參觀他的民宿～綠窩、Green House!

每個人的因緣際遇不同，但是冥冥之中卻又似乎是有某種因果關係相牽連，二十多年前因為 Gordon 引薦，開啟了打坐靈修之門，從那時候就養成了打坐習慣至今，靜坐、打坐對我後來工作經常熬夜、國外出差調適時差，有很大的幫助。二十多年來我輾轉從銀行業、製造業、法律事務所到創設管理顧問公司，各段期間長短不同，但對我都是非常重要的銜接與轉折過程。Gordon 幾年前才從台北花旗銀行退休到羅東經營民宿，我來向 Gordon 取經，是什麼樣的機緣有這樣的轉折發展，又是什麼樣的心情與勇氣來面對這樣的變化。聽 Gordon 述說過程，我豁然開朗頓悟了。

Gordon 拿電影「移動城堡」做比喻，人在城堡裡待久了，已經習慣了城堡裡的生活環境、生活模式，已經習慣了自己的名份位階，但想要突破現況到城堡外的世界遨遊，必須先放棄在城堡內已經習慣享有的一切，然後付諸行動去衝破這移動城堡的種種機關考驗，輕者只是讓你走迷宮找不到出路，重者會遇到妖魔鬼怪打擊甚至有喪命凶險。每個人都有自己心中的移動城堡，在城堡裡擁有越多者越放不下拋不開，Go or not to go？抉擇在此，命運的轉折機會也在此一念之間。而能否成功的關鍵在於心，只要有心，堅定信念，一切考驗都會自然迎刃而解。感謝 Gordon 師兄的分享啟發！

Gordon 的綠窩民宿，近羅東夜市的獨立家屋一棟，讓人覺得溫馨舒服的「一棟城堡」，Gordon 夫妻兩人用心經營接待有緣的過客，依我過去國外出差的經驗，彼此是人生旅程中不期而遇的過客，但往往會留下雋永難忘的回憶與影響！這綠窩還有很多妙不可言之處，就留著給有緣人自己去親身體會吧！Have fun!

綠窩女主人創作的招牌蝸牛油畫，經筆者加工成海報。

1.8

水晶佛祖

這是我很多年前買的一尊小小的水晶雕佛祖
含蓮座高度只有六公分左右
一天早晨朝陽從我家陽台照入
背襯著陽光的水晶佛祖非常漂亮
於是心血來潮拿起相機拍
透過相片放大來看
才看清楚了佛祖的法相容貌
面帶微笑仍不失莊嚴
也許是笑我這麼多年來
現在才發現佛祖這麼帥
想再多拍幾張不同角度
但竟然拍了這一張就沒電了
拍照也需要天時地利及電池

僅此彌足珍貴的一張
與大家分享

1.9 吃大便與觀自在

一位法鼓山的師姐，也是我二十九年前到花旗銀行工作面試我的主管，和我分享了她退休後因緣俱足初入法鼓山的過程，因為是初入佛門，還不甚了解佛門儀軌，惹出許多新奇趣事。

其中提到有一日果祺法師問她要不要一幅字，寫著「吃大便」，這師姐直覺反應是，怎麼有人寫字題字會寫「吃大便」，這字還能掛嗎，當下就拒絕果祺法師。

我乍聽師姐講這故事時，第一時間的反應也和師姐一樣，可能我覺得詫異、噁心的驚嚇指數還更甚於師姐，因為我很驚訝佛門聖地法鼓山的開山大法師，怎麼會寫出、講出這麼鄙俗噁心到不行的字，也因為我們當時正在微風廣場茶餐廳吃午餐。

正狐疑不解又倒胃口之際，師姐笑笑地送了我一本果祺法師寫的書《敲醒夢中人》和我結緣，說這本小書裡有一篇就是寫這幅字的用意，讓我回家後慢慢看慢慢體會。

我看了之後會心一笑，原來大師用再鄙俗不過的「吃大便」三個字，來考驗弟子是否有

「觀自在」的EQ修持，深深感受到佛門大師的智慧與幽默，這「吃大便」三個字頓時充滿雋永禪味！

我的理解，正如心經所云，「色不異空，空不異色，色即是空，空即是色，受想行識，亦復如是」，吾等凡夫俗子都容易受眼耳鼻舌身意等感官所見所聞的直接影響，但往往眼睛所見只是表象而非實相，卻已經觸動全身神經反應。若能練習、體悟凡事不看表象，不受表象的影響，如如不動，3D思考，應無所住而生其心，役物而不役於物，能觀萬物而心自在矣！

更直白的說，當看到、聽到「吃大便」三個字都不再能挑動感官神經，不再能立即刺激情緒反應時，那還有什麼難堪的表象人事物可以影響我!?還有什麼難堪的表象人事物不能調伏轉念異位思考？

這本薄薄小書，每一篇都是意喻深遠的短文，難得好書。最後一頁寫著：「**（非賣品）~版權公開，歡迎流通~**」網路流通線上電子版也註記「果祺法師的這本《敲醒夢中人》著作，完全無償流通，有興趣者可以至以下連結下載（網路硬碟——《敲醒夢中人》，果祺法師／講述，黃珮珊／撰錄，線上電子版）：http://goo.gl/XxP6cF」，謝謝師姐的分享，也藉此分享有緣人！

1.10 愛的抱抱

一位在大學任教又剛接任學務長的學弟臨時邀約吃晚飯，說是很久沒和我碰面聊天了，Just men's talk！見了面邊吃邊聊，一向給人開朗陽光印象的學弟，這天的臉上卻有著少見的陰鬱，言談之間盡是對過世不久的母親思念與懊悔之情……

原來學弟的父親早逝，他又是獨生子，和母親相互扶持照顧長大的，可想而知母子感情甚深。這學弟聰穎勤快，不但在大學任副教授，同時也是一家規模不小的出版社的董事，也是事業有成。但不解為何總是造化弄人，就在此之際，母親身體不適，就醫檢查後發現是得了肝癌，冗長的醫療過程日漸消磨掉母親的元氣，學弟為了想給母親「沖喜」，決定與女友結婚，並計畫儘快生小孩，給母親享受一下含貽弄孫的樂趣，看能不能使母親健康好轉早日康復。學弟火速成婚，婚後很快的也有了孩子，原以為正可以開始讓母親好好享受三代同堂之福，但萬萬沒想到這卻是婆媳問題的開始。

婆媳為了小孩的照顧方式意見不同，逐漸演變成婆媳之間的爭執，為難了夾在兩個女人之間的學弟，忠孝不能兩全便移孝做忠，孝愛不能兩全便移愛就孝，自古以來這不就是「忠孝節義」的邏輯順序！學弟選擇了母親，並表示不惜要和太太離婚，但深明大義的母親告誡學弟，萬萬不可離婚，小孩不能沒有爸爸或媽媽，無論如何都要給孩子一個完整的家，於是學弟權宜之計，只好暫時先和太太帶著小孩搬出去租屋而居。然而學弟搬離母親之後，母親的病情似乎日漸惡化，癌症末期醫療過程的痛楚是外人難以想像的……

就這樣，一直到母親病逝，學弟再也沒有機會讓母親真正享受三代同堂的歡樂餘生。在母親的告別式上，學弟當眾自承自己是個不孝子，沒有好好照顧母親，沒有讓母親晚年過幾天好日子……學弟在母親過世後每每回想起這一切，心中滿是對母親的思念、懊悔與自責，久久難以平抑。而這些內心深處的真實感受，卻又難以對人啟齒盡訴，所以就找學長我聊聊天！

與學弟餐敘閒聊，我可以深切體會學弟的心情，也不知該怎麼安慰學弟，只是和學弟說，母愛無私，當父母的總是寧願委曲自己，一切為孩子設想，我相信你母親不會責怪你的。與學弟話別後，我也思索著，學弟母親心中是否會有一絲絲不欲人知的期盼呢？

寫下這篇短文，希望天下為人子女而父母健在者，當及時行孝承歡膝下，切莫有子欲養而親不在的遺憾。有句台灣俗諺說「在生呷四兩，卡贏死了拜豬羊」，意思是說，當父母親生前在世的時候，每日能事奉雙親，哪怕只是微薄四兩飲食粗茶淡飯，都更勝過父母過世後再殺豬宰羊來祭拜。人一生中能承歡膝下共享天倫之樂的幸福時光，珍稀短暫如雨後彩虹，趁父母親還健在的時候，行孝要及時啊，趕緊去給爸媽一個不需要理由的無厘頭的「愛的抱抱」！

後記

幾天之後，學弟有事打電話給我，順便和我說了一件事，他說就在和我餐敘回家後的那一天晚上，他就夢見他媽媽了，夢中他看見他媽媽盤腿坐著，學弟一眼就認出是他魂牽夢縈的母親，他趕緊上前緊緊抱著母親，「媽——媽——」聲聲叫喚著，並且放聲大哭，將心中壓抑多時的思念、不捨、懊悔與自責之情，盡情地向母親懺悔與宣洩。學弟的母親看著他笑了，笑得很祥和，學弟說他有感覺到媽媽已經原諒他了，他得以釋懷。

我邊寫這段後記，不知怎的一邊止不住洋蔥薰眼，我感受到的是學弟與母親母子連心的親情溫馨與母愛的偉大，即使已經是天人兩隔，母親都仍然知道孩子心中的牽掛，是因為那天學弟自己說出口對母親未克盡孝道的懊悔與思念，還問我看得到他媽媽有沒有在他旁邊嗎？學弟的母親才會在夢中示現出來，解除學弟心中的罣礙，學弟的母親也得以釋懷了，孩子還掛念著媽媽沒忘了媽，孩子還是孝順的！

那晚剛好也和學弟探討《心經》，「色不異空，空不異色，色即是空，空即是色，受想行識，亦復如是。」色與空，有與無，得與失，著相與無相，存在與不存在，世間萬物，我等凡夫俗子肉眼看不到的，就真的不存在嗎？

第二章

神奇機緣

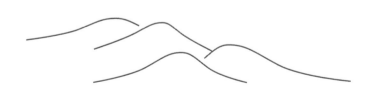

從小時候有記憶以來，家裡供奉福德正神土地公及祖先牌位，每天早晚一炷清香，每逢農曆初一十五就會供上水果餅乾，每年的春節、元宵、清民、端午、中秋、重陽等重要節日，家裡都會特別準備拜拜的供品。從小嬰兒開始，家母就帶我去廟裡給觀音菩薩及包公聖祖當義子，祈求藉神明護佑下能乖乖地平安長大。在這樣信奉傳統民俗信仰的環境下成長，耳濡目染之下，我一直深信有祖先也有鬼神存在，但是我從來也沒有親身見過或聽過什麼靈異事，我只是一個再平凡不過的平凡人，我並沒有所謂的靈異體質。直到出社會工作之後，在不同人生階段歷程，因緣際會先後接觸過不同的宗教派別與神靈，受到眾神佛的幫助，一次又一次親身經歷的過程，讓我更加篤信有神靈仙佛的存在。

2.1 玄吉宮玄天上帝——始作俑者讀博士

二〇〇二年，我考上大陸中國人民大學經濟法碩士班，九月份專程去北京到學校辦理開學註冊，認識老師和同學，在北京待了幾天後回台。當飛機快回到台灣，開始降低高度準備降落時，我整個臉突然覺得刺痛不舒服，當飛機落地後，剛剛臉部的不舒服症狀全都沒了，我當時單純以為只是因為飛機降低高度艙壓變化所致，後來才知道是顏面神經「三叉神經炎」病變發作的前兆。

當時服務的致福公司被吸收合併入光寶集團，天天都忙得天翻地覆，我自嘲是「7-11」員工，每天七點不到就出門，因為怕塞車，忙到晚上十一點過後才回到家，天天都有忙不完的工作，日復一日，終至身體發出警訊健康出問題了。

某日一早醒來，習慣性去刷牙洗臉準備出門上班，拿起漱口杯裝水漱口，水就沿著嘴角溢流出來了，照著鏡子看怎麼回事，大事不妙！我的左半邊臉肌肉神經完全麻痺僵硬了，左半邊嘴唇無法緊閉，左眼皮無法閉上，對著鏡子做鬼臉擠眉弄眼，左半邊臉就是僵直不動，毀了！也沒時間自艾自憐，趕緊盥洗完，先趕著開車上班，一大早就有會議要向稽核長匯報工作。

到了公司，向稽核長匯報工作時，一開口嘴就不對稱地往兩邊歪斜，因為左半邊上下嘴唇已無力平衡右邊筋肉的拉力，稽核長看到我的狀況也緊張了，立刻叫我停工，「你馬上放下手邊的工作去醫院檢查，先休假兩個月再說。」我立即去長庚醫院掛急診，醫師看了看說：「三叉神經炎，這沒有特效藥，就是靠自己多休息，快的話三個月，慢的話也有人半年十個月都還沒好。我能開的藥就只有類固醇，不讓顏面神經繼續萎縮，你再去看神經外科門診。」

看完長庚門診，我也開始休病假了，期間有同事介紹我去看一位知名中醫師，中醫師診斷後的病因說明和長庚西醫差不多，也是叫我多休息，惟印象深刻的是，中醫師幫我針灸，從頭到腳不知扎了多少針，包括十指扎針放血，我就活像個人型針線包一樣。

說實在的，每天辛勤工作，把自己搞成這樣，心裡實在很鬱卒，除了看中西醫尋求藥物治療外，也實在需要心理面的輔導治療，需要藉助宗教的力量。那個時候，我去找我密宗上師「祖古澈桑仁波切」師父，一進門，愁眉苦臉的向仁波切師父訴苦，師父一看就「呀——」一長聲，說他在西藏也幫了很多得這樣病的人，叫我隔天再去找他，他要幫我辦個法會。反正我已經奉命請了兩個月病假，時間多，隔天就再去串門子找師父。

隔天上午我準時報到，仁波切師父已經準備好許多法會用品，包括用麵粉、粘粑粉做成的人偶，作為我的替身，幫我受過一切的災厄病痛。仁波切師父很用心地幫我辦一人法會，雖然只有信徒我一人，法會誦經持咒及一切儀軌細節毫不馬虎。法會後再口傳密咒給我修持，也給了我大大小小好多顆的甘露丸。當時也才剛認識仁波切師父不久，第一次接觸參與這樣的密宗法會，雖然不知對治療顏面神經三叉神經炎靈不靈，心理是暖和和的，滿滿的感動。

病假期間，親友同事們表示關切，一位親戚介紹我去「玄吉宮」找涂老師，玄吉宮主祀「玄天上帝」，涂老師及涂師娘精於紫微斗數，從紫微斗數命盤中看流年運勢，再配合其他神學療法，我當時就依涂老師建議點了「孔明七星燈」，三盞兩列及一盞在前，七盞油燈個別代表人體全身各部位，從油燈的燈油顏色深淺變化，反映出人體相對部位的狀況。說來也奇，剛點燈不久，七盞原本清澈的油燈中，就只有代表頭部的頭盞油燈顏色變深，隨著我三叉神經炎病症逐日好轉，那盞油燈燈油的顏色也漸漸由深轉淡，好神奇！

玄吉宮涂老師幫我排了紫微斗數命盤，我不懂紫微斗數，但聽懂了涂老師說明的兩個重點，一是從命盤來看，當時是我流年運勢最低的時候，時運不濟，身體欠安，但是度過了就好了，且韜光養晦。二是叫我讀博士，才能走出命盤中博士的格局。當時我已經在北京中國人民大學碩士班就讀，碩一才剛開學不久，要兼顧工作與學業，能不能讀畢業都還是未知數，壓根兒不敢想到讀博士的事，但「讀博士」這件事就埋下種子在心底了。

為了兼顧工作與學業，自二〇〇二年九月開學起，經常往來台灣與北京，二〇〇五年終於通過碩士論文口試可以順利畢業了，就在那同時，看到博士班招生考試的公告，猶豫了片刻，還要再讀嗎？有需要讀嗎？就算報名會考上嗎？心中諸多的疑慮。後來想到玄吉宮涂老師叮囑的話，「讀博士，才能走出博士的格」，決定先報名再說。

果真，後來的筆試順利通過了，繼續往來於台灣與北京，這一讀就六年半，差一點因為博士論文沒過關而畢不了業，在最後申請延長學習年限半年的時間裡，神蹟出現讓我敗部復活，終於取得博士學位，完成光宗耀祖的大事兒！過程請參閱〈2.3　鳳微閣王母娘娘——完成博士論文的奇蹟〉。若不是涂老師的解盤與叮囑，我可能連報名考試都不會報名，也就不會有往後的造化了。感謝玄吉宮玄天上帝的護持！感謝涂老師及涂師娘的鼓勵！

2.2 明慈寺九天玄女娘娘——阿嬤罵阿公

一九九一年夏我當兵退伍，退伍不久，一日在台北街道騎樓行走，經過一個算命攤時，一位算命先生叫住了我，直截了當告訴我說，「你後面跟著一個女孩子，看起來沒有惡意，是不是你的姊姊或妹妹……」，「我沒有姐姐或妹妹，謝謝。」我沒等那算命仙把話講完就回話，心裡想這不過是街頭算命仙招攬業務的話術，腳步沒停逕自走開。「你回家去問問看，看是不是需要幫忙……」算命仙在我背後還繼續說著。

自我有記憶以來，從小到大我們家就只有我和哥哥兩兄弟，從來也沒聽過有姐姐或妹妹，所以自然沒把那算命仙的話當一回事。那一天回到家裡，我只是很自然的把這一段經過告訴我媽，原本預期我媽的反應應該也和我一樣，「江湖術士滿嘴胡謅別理他」之類的回話，豈料我媽的神情卻是瞬間嚴肅起來，反問我說「他還有說什麼？」我媽的反應意有所指，反而讓我疑惑起來。

追問之下才知道，原來我上面還有一位排行老二的姐姐，三歲時因小兒麻痺不治而過世，依習俗，小孩過世辦完超渡法會，佛祖接引回去後就功德圓滿，家裡也不留下任何遺物，爸媽也都絕口不提傷心事，所以我自然不知還有個姐姐。那位算命仙無意間挑動了我的敏感神經，證實了我還有一位早夭的胞姊，但也僅止於此，家裡並沒有任何的相應作為，久而久之也就忘了這件事。

十幾年後，有一日我陪同事劉姐去「明慈寺」問事，劉姐想詢問先生工作上的事情，我則是跟著去看戲湊熱鬧。明慈寺主祀九天玄女娘娘，主持是一位大林老師，大林老師解答完劉姐詢問的事情後，突然告訴我說：「林先生，有一件事要告訴你，是你姊姊要我告訴你，你若相信的話，就看你要怎麼幫忙處理，如果你不相信，就當我沒說過。」我一聽是有關於我姊姊，我自然不會懷疑這位大林老師所說，只是納悶，怎麼時隔這麼長久的時間，我姊姊還跟著我？

我回應大林老師，願聞其詳。大林老師說那就另外預約個較充裕的時間，因為不止我姊姊，我們家祖先好幾位都希望能找我一併處理。大林老師請我順便把家族的族譜帶來，因為人數眾多，方便確認身分關係。從來沒遇過這樣的事，我將信將疑，姑且信之。預約了一天晚上七點鐘時間，下了班後過去明慈寺，所有的祖先按輩分高低先後處理，曾曾祖及曾曾祖母、曾祖及曾祖母、祖父及祖母，最後才是我姊姊，由大林老師與祖先們個別詢問需求，需要靈療或衣食銀錢，由我擲筊杯逐一確認。尚未問到的祖先，先請在殿外等候。

說實在的，我第一次參與這樣的方式來與祖先溝通，我也從來沒見過我的祖先們，除了我祖母是在我高中時過世，與祖母生前還相處過之外，其他幾位祖先只知族譜上的名字。所以我原先也是抱持寧可信其有，藉此為祖先所需略盡心力的想法。但直到大林老師要傳喚我祖父、祖母入殿內來詢問時，我一直擲不出聖杯，大林老師看了看說「他們在門外吵架！」，「你阿嬤罵你阿公『莫天良』（客家話）」，我就相信、確信那真的是我祖母與祖父。

祖父早逝，在家父五歲時就過世了，只留下年幼的五男二女給祖母扶養，最小兒子才剛出生不久，無力養育下只好忍痛送給人領養，祖母年輕守寡含辛茹苦，到八十多歲終老。所以祖母生前每次回憶過往談到辛酸處，就會用客家話罵祖父「沒天良」（祖母是客家人），放她一人拉拔一群幼子吃盡苦頭。所以，讓祖母在明慈寺給碰上祖父了，祖母一生的苦與怨，不當面好好痛罵祖父才怪。所以說，我相信、確信那真的是我祖母與祖父，那麼先前的曾曾祖、曾祖輩，應該也是真的。

在依序處理完每一代的祖先後，大林老師都會問祖先有沒有什麼事情要詢問或交代的，那時曾祖父有提問到旁系叔公這一房的家族事，希望能透過大林老師來請我也幫忙一併處理。大林老師當場表明，這應該由叔公的家族後代來處理才對，但可以請我幫忙轉達這個訊息給叔公的家族後代。當下我也不知道遠房親戚叔公家族有什麼事情，事後我把這訊息輾轉詢問親戚想傳達給叔公家族，才知道原來叔公的幾房後嗣都相繼出了些問題，所以曾祖父才特別關切提問到叔公這一房來。

素未謀面的直系三代祖先，能穿越時空且交錯在明慈寺裡相聚一堂，各自陳述現況所需，也讓阿嬤對阿公抒發宣洩生前積壓一生的思念與怨懟，也表達了對子嗣叔公一房現況的關切，我無法理解與解釋這是什麼樣的時空交錯情境，但就是實實在在的親身經歷了。惟無論如何，能藉此機會為祖先略盡心力，也感到稍許欣慰了。

2.3

鳳微閣王母娘娘——完成博士論文的奇蹟

從小在家耳濡目染台灣傳統的佛道宗教，母親與阿姨都是慈濟的義工，而我則是特別崇敬關聖帝君及觀音菩薩。後來在不同的因緣際會下，與王母娘娘及顯密佛教眾神佛結緣後，冥冥中也感受到母娘及其他眾神佛的庇佑照顧甚多，有些事情是當下立即幫我排解，例如很多次疲勞開車逢凶化吉、化險為夷的經驗，有些事則是當下令我不解甚至誤解，日後事過境遷回顧過往，才明白神佛的用心良苦。我的博士學位論文拖到最後期限關頭，有如神助般起死回生敗部復活，以及嗣後將博士論文再彙整出書的過程，就是其中鮮明一例。

因為工作上的需要，必須系統性去研讀大陸法律，我於二〇〇二年報考大陸北京中國人民大學法學院碩士班，二〇〇五年完成碩士學位後繼續攻讀博士，因為還要兼顧工作家計，只能利用假日以及每天工作下班回家後剩餘的殘餘腦力、體力及時間做功課，以笨鳥慢飛的方式，一點一滴的累積成果，但積累的學習成效總是比大陸的同班同學慢上好幾拍，同學們在二〇〇八年、二〇〇九年都已經完成論文畢業了，我的論文還在牛步爬格子中，甚至是不增反減，因為經常在用電腦打論文時打瞌睡，手指還壓在鍵盤上，把打好的論文都刪除了，真是欲哭無淚……

自己都不得不懷疑博士學位論文是否寫得完？而且不是寫完就好，還必須通過好幾關的檢測及考試。而要通過這些檢測及考試之前，必須先突破自己有限的時間、體能與精神的極限，克服自己腰酸背痛不耐久坐打字的毛病，克服忙碌工作用腦過度之際瞬間切換思續的EQ障礙，也因此，隨著學校規定最長六年學習期限逐漸迫近，好幾次幾乎已經決定放棄了！但是我一直記得神佛透過「鳳微閣」江嘉葉老師不只一次對我說：「你論文沒問題的，母娘會幫你的！」雖然有點半信半疑，但也只能藉此勉勵自己，以意志力支撐堅持下去。

就在最長六年學習期限將屆滿前的二〇一一年三月間，上網送交論文電子檔案進行電子檢測及報名參加答辯的最後期限前，我終於寫完逾十五萬字有關大陸三資企業法的博士學位論文，心裡想著終於大功告成及時趕上，阿彌陀佛！趕緊將論文先發給博導過目一下，至於論文內容，雖然我自己不是很滿意，但覺得應該還過得去，而且已經拖到最後期限了，博導或學院辦公室老師應該也會酌情通融吧！且就算再有什麼有形無形障礙問題，母娘應該也會幫我處理擺平，我心裡是這麼想著！

豈料，偏偏故事情節發展就是事與願違，我打電話給博導詢問看過論文後意見如何，是不是可以交論文報名答辯了，豈料博導斬釘截鐵很肯定地告訴我，「你這一篇論文還不達標準，就算我讓你過了，也過不了其他老師的評審，你還是換個題目，寫你專精擅長的領域，等九月再報名吧……」博導的話如五雷轟頂直劈而下，我當下傻了、愣了、慌了，六年的努力與堅持最終竟然是白忙一場，頓時萬念俱灰、心如止水，江老師及母娘說過的話此刻成了最大的諷刺與打擊，連信仰都動搖了！

待回過神來，痛定思痛，想到背負著眾親友同事的期待，想到我對自己的期許，我不能就此放棄卸甲投降，我要再奮力一搏爭取任何可能的最後機會。於是，我先去法學院辦公室詢問可否再申請延長學習年限，答案是必須先經過博導同意，再經院長特批，延長期限也只有半年。「半年」⁉半年時間怎麼夠我重新開題寫論文，但這是絕地逢生、逆轉求勝的最後一線生機，已不容我去爭論時間夠不夠的問題。

我趕緊去跑申請程序，填寫延長學習年限申請表、重新擬定論文題目、重寫開題報告、重新起草論文大綱，專程飛北京回學校去與博導討論，希望能順利簽准新的論文題目。豈料，就從此刻開始，有如神助般，在一天之內搞定所有文件給博導簽准，我改以多年工作擅長的國際代工合同與大陸合同法研析為論文主題，博導也初步認同這新的論文題目與內容結構優於前一篇，也提點、補充了一些意見。博導簽准之後，接下來學院准不准破例同意多半年的延長學習申請，是老師們及老天爺決定的事，而我能做的事，就是急起直追重寫論文，務必在六個月之內，完成一篇可以通過校內外法學權威教授們評審標準的博士學位論文，但自己都不免要懷疑——「可能嗎？」

不知道是人被逼急時的潛能反應，還是冥冥之中真有神助，我整個人好像突然頓悟開竅了，論文寫來文思泉湧、得心應手，也聯繫過去平日工作上往來的美國、德國、韓國的律師朋友，請他們協助提供當地國法律資料以供法學比較，讓論文內容更加充實有料，每天一下班就趕回家寫論文，一天睡不到四小時，論文寫作火速推進。最終趕在二〇一一年九月前完成了近二十五萬字的第二篇論文，通過了博導的評審，上網遞交論文電子檔通過了電子檢測（檢測有無抄襲），通過了校外教授的匿名審查，最後通過了六位校內外教授的聯合口試答辯，並且得到教授們給予高度的評價，二〇一二年六月取得法學博士學位順利畢業，感覺好像從地獄復活榮登天堂！而完成這第二篇論文只花了六個月，內容字數還比第一篇多了十餘萬字，我自己都覺得不可思議，是奇蹟？還是神蹟!?

事後反思，博導是對的，母娘也是對的，原來的論文開題是我自找麻煩，想找一個有挑戰性的題目來寫，結果眼高手低，不但寫作過程進展遲緩，而且內容鬆散缺乏邏輯連貫，如果當時第一篇完稿的論文勉強讓我通過，充其量不過是一篇礙於人情勉強過關的總匯報告，連我自己都會覺得羞於示人忝為博士，更別說把論文出書了。而重新開題撰寫完成的第二篇論文，反而內容創新務實紮實有料，通過層層檢測審查，最終能博得六位校內外教授一致的高度評價──「具社會科學實踐價值」，並期許我能趕緊把論文出書以饗產官學界。

我想是母娘知道我可以做得到，才會如此「老神在在」地安排這一切化不可能為可能的不可思議轉折變化，可是當下我不解母娘的用心良苦，還錯怪母娘說話不算話，急得我只剩三魂少了七魄。當後來大勢底定圓滿收工，方知我錯怪母娘了，也驚覺原來母娘對弟子寫博士學位論文也這麼嚴格要求，不是拜拜添油香就可以，母娘可以當博導了！

二〇一二年夏博士畢業，回台後又一頭栽進工作中，當時正忙著負責公司一件勝負輸贏影響逾七千萬美金的紐約仲裁案，遂把博士論文出書一事擱置在旁無暇處理。而這仲裁案進行期間，又幸遇天公老祖師父、靈博士游貴麟老師不只一次的暗示加明示，鼓勵我自己創業，但我一直安於現狀未思其他。直到二〇一六年十月底，一切主客觀條件機緣成熟，我毅然決然結束了二十五年的上班族生涯，才有心思及閒暇整理資料，將博士論文及紐約仲裁案等實務案例彙整後，集成書稿交付出版社，兩個月內完成三次校稿及封面設計，二〇一七年二月出書，這對我而言，無疑又是另一個始料未及的奇蹟！

回憶過往，歷歷在目，謹藉由本文衷心感謝諸神佛護持，以及鳳微閣江嘉葉老師、靈博士游貴麟老師、譚秀珠老師[1]等人的鼓勵，為我豐富了每一段人生旅程的意外轉折、試煉與

---

[1] 譚秀珠老師，與夫婿張老師誠神鵰俠侶，五術界前輩命理風水達人，二〇一一年筆者前往諮詢結識譚老師，因早十年前在電視上看到吳宗憲帶剛出道的周杰倫上命理節目，譚老師當年預言青澀木訥的周杰倫將會是未來亞洲新天王，日後應驗預言不虛。筆者特地前往諮詢請益，人一生興衰成敗命與運是否早已注定?!經譚老師循循善誘指點迷津，心境

收穫，且總是適時適地為我穿插安排人生旅程中出現的貴人！

補記

能完成博士學位，還要感謝一位當初促使我起心動念去報考人大博士班的貴人——大溪「玄吉宮」的玄天上帝及涂老師，當年涂老師一直強調叫我要去讀博士、讀博士，才能走出「博士」的格，當時忙於工作根本無心再進修，可是心裡已埋下一顆種子。後來許多的機緣造化，報考人大碩士班就考上了，碩士畢業再繼續讀博士。在北京期間，也常去參訪千年古剎「白雲觀」，裡面有一尊很高大威武的玄天上帝銅雕，每次看到白雲觀的玄天上帝，就會想起玄吉宮的玄天上

思緒豁然開朗，度過人生職場的撞牆期。

筆者2012年博士論文口試通過與老師合影

帝，心裡想著這之間是否有什麼樣的因緣促成我到此一遊？

如今回想起來，鼓勵我、督促我去報考研究所，始有契機完成博士學位的始作俑者，是「玄吉宮」的玄天上帝及涂老師。臨入學考試本來想放棄不考了，是「普濟寺」關聖帝君的籤詩讓我轉念重燃鬥志，鞭策我如期應試。而在神博導「鳳微閣」王母娘娘指導下，不可思議的在六個月內完成二十五萬字的博士論文。在天公老祖協助及鼓勵下創設公司，並將博士論文結合實務案例付梓出書。不負眾神佛的鼓勵與庇佑，種種機緣善巧的安排，從二〇〇二年到二〇一二年，十年磨一劍，終於完成碩士及博士學位，眾神佛的提攜，弟子謹銘記在心！

2.4 天公老祖——仲裁求勝天公助預示贏了又如何

二〇一二年十一月，我服務的公司和美國設備商在美國紐約仲裁開打，因為公司向銀行團聯貸鉅額融資，採購了一批高價生產設備，卻無法通過驗收的爭議，賣方竟惡人先告狀提起仲裁要求給付尾款，買方提起反訴要求解約退款，勝負輸贏金額影響逾七千萬美元，仲裁結果幾乎將決定公司的存亡，公司的聯貸銀行團、簽證會計師、董事、股東、員工、媒體記者，莫不緊盯著仲裁案的發展，惟看戲潑冷水看衰者多矣。

公司將本案委任一家美國排名前十大的法律事務所，因為本案不利我方的主客觀因素太多，律師團當時初步評估本案，勝算不超過兩成，除非有奇蹟出現，能發現其他的有利事證！我負責處理此案，勝負事關公司存亡，工作量與心理壓力之大前所未有。經過冗長準備程序，終於在二〇一四年三月間仲裁庭開庭，進行連續四天的聽證答辯，聽證結束之後就等待仲裁庭的仲裁判斷結果出爐，但是我方委任的律師團都沒有絕對勝算把握，等待期間的心情是忐忑不安度日如年。

到了簽證會計師要簽證半年報的八月份，依然沒有仲裁判斷結果出爐的消息，各方關切不斷，且因為仲裁的勝負結果將嚴重影響公司的營收損益，簽證會計師下最後通牒，若未能在八月十三日前看到仲裁結果出爐，其將拒絕簽證公司的半年報，或將備註保留意見，若此，對公司的傷害影響將與輸掉仲裁案無異。但公司此時除了等待再等待，無力可施。

就在此時，冥冥中的機緣，在書店看到《靈界好神》這本書，書中提到許多神奇的案例，我想本案人事已盡但聽天命，此刻自助更需天助，遂立刻預約時間向師父「天公老祖」稟報事由請示求解，蒙師父天公老祖慈悲垂憐公司數百員工、數千股東生計，指示燒化五路祈福金一百零八份，緊急動員神靈界，記得當時師父語帶玄機說：「你們這案子本來是該輸的，而且律師、仲裁員都是美國人，必要時還得找他們的主耶穌基督去關照一下，但是贏了又如何？……」當時覺得匪夷所思難以理解，以為贏了就可以讓公司扭轉乾坤、否極泰來了，無論如何只求勝出。

就在燒化一百零八份五路祈福金後隔週，八月十三日早晨（紐約八月十二日晚上）開車上班途中，接到美國律師通知已收到仲裁最終裁定結果（Final Award）——我們贏了！公司不須給付尾款三千多萬美元給設備商，設備商必須退還未通過驗收的已付設備款給我方，加計利息總金額逾二千四百萬美元，我在車上接到通知時，當下興奮激動地飆淚狂笑盡釋壓力，心中滿是感恩！

打贏仲裁之後，設備商始願意與我方和解，約定於一個月內分兩期退還已付設備款。奈何事後只退還七百萬美元，尚有巨額尾款未償還，設備商竟然宣告破產保護，停止一切對外付款。一波甫平一波又起，本案仲裁程序歷經二十二個月才剛結束，卻又轉入了程序更複雜而冗長的破產程序，周遭人等又開始冷眼旁觀等著看戲。幸蒙師父天公老祖慈悲垂憐，在極短時間內，我將剩餘債權以極高成數出售轉讓給花旗銀行，在二〇一五年初再取回九百多萬美元。

回顧公司這件設備採購案爭議，經歷了美國仲裁程序及破產保護程序，公司有幸屢屢逢凶化吉逆轉勝出，已經先後取回了一千六百餘萬美元合計五億多台幣，且原本尚有餘款待收，但奈何公司並未因此而有任何好轉跡象，因為本業持續衰退連年虧損，公司股價從打贏仲裁後不增反跌，誠應驗了師父天公老祖當初的預言：「但是贏了又如何？」

如關帝明聖經云：「直心直受真福，巧計巧來禍因」，人之成敗得失自有其福報因果，冥冥中天理運行自有定律，工於心計巧詐者，秉持忠厚行事者，最終自招禍福得失，我等凡夫俗子在當下能參悟者幾稀。

靈界好神，謹以本文見證師父天公老祖無遠弗屆之殊勝無形力量，也藉此對師父天公老祖數度風火雷急幫助之恩，聊表謝忱於十二萬分之一！

2.5 《靈界好神》II 推薦序

神靈玄學之議，古今中外不斷，信者恆信，不信者恆不信，不信者因緣俱足而信之是幸也！而信者能得明師引領，入神靈仙佛之門一窺堂奧，更是幸中之幸！我與靈博士的師徒之緣起源於《靈界好神》一書，當已竭盡一切人力所能，無計可施困頓之際，只能求助於信仰，而當事後歷程演變果如師父預言逐一應驗時，讓我對信仰又更加堅定，對靈博士更加崇敬，也加深了對未知的靈學領域探索、體驗與學習的興趣與樂趣！

我印象深刻的第一次靈異接觸，是我高三時外婆過世的頭七法會那晚，法會結束已近凌晨，親屬們大家都餓了也累了，吃了宵夜點心後很快就寢入睡。未久，似睡未睡半夢半醒之間，聽到「叩、叩、叩、叩……」的聲響，那熟悉的節奏聲音從客廳傳到廚房，一聽就是外婆生前拄著拐杖在家裡走動的聲音。接著聽到廚房裡有洗碗聲，最後「唰、唰、唰」三聲，那是外婆沖洗好筷子敲洗碗盆把水瀝乾的習慣動作。我半信半疑之際，「叩、叩、叩、叩……」聲響又起，從廚房傳到客廳後歸於寂靜。那次的靈異接觸，讓我深信外婆過世但靈魂猶在，只是在另一個我所未知的時空之間。

也曾經聽二阿姨講二姨丈過世後頭七那晚故事，二姨及二姨丈居住在南投國姓鄉務農，在山上種柑橘、蔬菜及其他隨季節變換輪種的農作物，二姨丈勤勞工作閒不住，經常在山上工作滿山遍野跑，二姨戲稱二姨丈就像蚱蜢一樣到處跳跳跳。後來二姨丈因意外過世，頭七那天晚上，二姨一家人剛吃過晚飯在客廳坐著，看到客廳突然出現一隻大蚱蜢，在客廳各個角落漫步遊走，鄉下看到蚱蜢司空見慣，家人原本不以為意。

後來看到那隻大蚱蜢的大腿上，有一條很明顯的淺色條紋，就好像是一道疤痕一樣，二姨就心知肚明，是二姨丈回來了。因為二姨丈生前曾在工作時大腿受傷，後來大腿傷好了卻留下一道明顯的疤痕，二姨丈過世後的頭七這晚，二姨看到家裡出現這樣特徵相同的大蚱蜢，心有靈犀，心裡唸著——「你就安心去吧，不用掛念家裡……」說完不久，那隻大蚱蜢也消失無蹤了。

我相信外婆及祖先靈魂猶在，我更深信有神靈仙佛的存在，《靈界好神》一書敘述的許多案例得以應證。今欣見靈博士新書付梓，我有此殊勝機緣幫靈博士校稿，且先睹為快，從各個不同案例實證中，驚見靈博士以「天人合一」方式，為有緣人解答迷津、解除困頓的絕妙智慧，不僅僅為有緣人圓滿處理看不見的累世因果業障、冤親債主、磁場再造、感應元神、認證主神等形而上的事，更為其解脫當下健康不佳、家庭失和、工作不順、事業受阻、運勢不彰……等等形而下現實生活中的困頓事，有幸受靈博士幫助者多矣。

若在人世間犯法，追究法律責任要論因果關係，佛法講善因善果、惡因惡果的現世報因果論，而靈界冤親債主得令討報的依據更是累世因果，豈能漠視因果的存在？當今用科學儀器實驗來證實神靈界信息場、能量場的存在已經不是新聞，惟神靈界所投射傳達的訊息，以及仙佛慈悲引渡有緣人的機緣，我等凡夫俗子當下能參悟者幾稀，誠推薦本書予有緣人參詳借鑑。若使不信者因緣俱足而信之，信者得明師引領入仙佛之門，是幸也！

2.6 土地公的立杯

二〇一〇年，一年之間連續接到好幾位同事、朋友的長輩去世的白帖，其中一位同事說，因為事出突然，一時之間籌辦後事煞費心神，特別是安葬之處的選擇。這才讓我意識到，我似乎從來沒有去想過身後事，甚至也沒有想過父母親百年終老之後的身後事，一直以為爸媽和我自己都是不會老朽的無敵鐵金剛，以為面對身後事還是很遙遠的事情。

於是我開始關注墓地及塔位的資訊，利用空閒時間四處去看看北台灣幾處知名的墓地、靈骨塔。周遊一圈後的心得，若不是大環境方位格局不滿意，就是價格昂貴，或是華而不實。實地尋訪之後才發現，原來人生前棲身安居住屋的房價高不可攀，連死後安靈之所方寸之地也一樣，要找一處合意合適的長眠之地還真是不容易，難怪同事說事發突然下，為安葬之處的選擇煞費心神。

一日專程慕名前往淡水三芝一處知名墓區塔位建築，入內參觀之後，確實是莊嚴隆重華麗非凡，相對的價位也是非常的華麗非凡，因為還不急著做決定，就暫時先列入選擇的口袋名單內。走出戶外逗留片刻，再環顧四周的山川景色，發現鄰近不遠靠近山頭處有另一墓區，土黃色宮殿建築在前，同色寶塔聳立在後，背後襯著延綿綠色山脈，樸實無華卻更顯得平易近人，第一眼就相當投緣，遂驅車前往實地參觀，駛近方知此處叫「懷恩聖地」。

停好車，下了車的第一個感覺，背後兩旁靠山好近，卻毫無壓迫感，走到大殿前，可以遠眺觀音山，以及淡水河出海口到三芝的海邊，明堂寬廣視野極佳，依山傍海舒心怡人，感覺就很接地氣。步入大殿內，有服務人員接待導覽四處介紹，參觀完後，我已心有所屬，就在一樓大殿供奉地藏王菩薩的後方塔位區，因為這邊的走道空間寬敞明亮，地氣暢旺磁場舒適，塔位單價也相對合宜負擔得起。

而且，我想一次買下六個塔位，把爸媽、兄嫂及我和內人的都一起買了，左右比鄰而居，我們生前各居一方，至少終老身後可以團聚在一起，將來子孫掃墓也方便，且用這樣的說詞來向爸媽說明，老人家也比較不會覺得心有罣礙。也一樣，因為還不急著做決定，暫時先列入選擇的口袋名單內。

離開懷恩聖地，開車回程經過三芝街上「福成宮」媽祖廟，福成宮是有歷史的三級古蹟，那天恰好廟前的停車位還有空位，我就停車入廟參拜，也欣賞古老廟宇的雕梁畫棟精緻建築藝術。走著走著，來到供奉福德正神土地公的座前，突然福至心靈的念頭，想到剛剛才從懷恩聖地過來，最近看過的幾處墓區塔位，相較之下對懷恩聖地最中意，但不知究竟合適不合適，剛好來諮詢當地轄區的土地公。

我拿起供桌上的筊杯，向福德正神稟報說明心中懸念事，如果懷恩聖地是合適的身後長眠之地，請賜予三個聖杯！結果就連續兩個聖杯，在擲出第三次筊杯之前，我很誠心且鄭重地稟報福德正神說：「這塔位事乃是身後百年大事，一旦決定了，將來我們家可是六口人都要搬來您的轄區 Long Stay 長住了，感謝福德正神賜予了兩個聖杯，這第三杯請您老人家務必慎重啊！感謝您！」說完即第三次擲出手中的筊杯。

一對筊杯，一面平一面凸的兩個木頭，呈新月形左右相對，意喻陰陽相合，擲出筊杯成一陰一陽始為聖杯，應允確認之意。而擲出聖杯的機率是三分之二[1]，擲出連續三次聖杯的機率是三分之二乘以三分之二乘以三分之二，等於二十七分之八，若是擲出一個「立杯」的機率呢？這我就不會算了！

第三次擲出手中的筊杯，木頭製的筊杯還算新，兩頭尖尖還不是很頓或很平，我眼睛盯著筊杯落地後，一個杯很快躺平且平面在上，另一個杯落地後輕輕彈跳起來，就兩頭尖尖站立在地定住了！

1 說來話長，請自己上網查詢：https://www.storm.mg/lifestyle/3906575?mode=whole

傻眼！我看過有報導過信眾在廟宇裡擲杯擲出「立杯」用玻璃框罩住的新聞畫面，萬沒想到我也會擲出個立杯來！當下我真的感覺到一陣電流穿身而過，頭皮發麻全身疙瘩，蹲下來仔細看了半天，確實是兩頭尖尖在地站著定點不動了，且看地板無坑無洞也無縫，完全光滑平整的石面地板，這怎麼可能會定住不倒呢？若按物理學論，至少也必需要重量重心平衡配置得宜，才有可能僅靠兩個尖頭保持平衡，還不論風吹、震動等外來影響因素，但這杯就是瞬間彈跳立正，四平八穩直挺挺地站立在地，儼然就像是個頂天立地的小巨人似的！

待我回神，想趕快去找廟公來看看，見證解說一下此神蹟何意，怪事又發生，剛剛入廟還有很多人進進出出，怎麼這時候在廟裡走一圈竟然沒半個人影!?我走回土地公神桌前，看著土地公，心有千萬結，四眼相對，默然無語，一時不知如何是好，真傻住了。

「拍照存證！」靈光乍現，多虧我還有想到要拍照存證，但想照相時才發現沒有帶照相機出門，真是的。左思右想，沒招，再蹲下來看看那個紋風不動的立杯，還是沒招。最後，我想確認那個立杯究竟是怎麼立正定住的，是黏住了嗎？於是我伸手，去把那個立杯拿起來，沒有黏住，毫不費力。拿起立杯的一剎那才想到，「豬頭三咧，不是有帶手機，不會用手機拍照喔！」那時候的手機照相畫素不如現在高，聊勝於無，但懊悔已經來不及了！

我把筊杯恭敬地放回供桌上，雙手合十看著土地公，卻說不出話來，合掌半晌後，「土地公公，您也太猛了，給我一個立杯，應該算是聖杯吧，謝謝您這麼有誠意的確認，好，我知道了，我自有打算。」幾日後，我就再去懷恩聖地，正式簽約買下六個連莊的塔位，人生身後事有了著落準備妥當，反而覺得踏實了。

一日天氣晴朗，風和日麗，我藉詞帶爸媽外出踏青曬曬太陽，在路上才提到我買好了將來全家團圓用六個塔位事，就在這附近，爸媽也不忌諱，我就趁此機會帶爸媽去懷恩聖地，去看看塔位裡裡外外的環境。爸爸愛爬山，曾經是登山協會的登山嚮導，媽媽住老公寓爬樓梯爬怕了，看了塔位環境之後，爸媽都很滿意，也表示安心了。

感謝三芝福成宮媽祖廟福德正神土地公惠賜的立杯三聖杯，身後事已有安排，備終有用，但祝願爸媽健康長壽，久久以後才搬去依山傍海的新家 Long Stay……。

2.7 密宗上師——祖古澈桑仁波切

伏藏大師「桑滇林巴尊者」三世

蓮花生大士一〇八位大伏藏師中最為特殊的八位成就者之一，為宣揚蓮花生大士開示的絕密黑馬頭明王教法，並重建前世「桑滇林巴尊者」的祖廟而奔波弘法。

二〇〇二年夏天隻身初次到台灣弘法

二〇〇九年七月五日圓寂於青海玉樹

二〇〇九年七月十三日火化

二〇一八年八月二十日得渡香積如來淨土

二〇〇二年夏天，祖古澈桑仁波切從青海玉樹隻身初次來到台灣弘法，我在那時候認識了祖古澈桑仁波切師父，認識師父之後才開始認識密宗，是我的密宗啟蒙上師，和祖古澈桑仁波切師徒感應甚深，今生和師父認識再續前緣，緣起於一本《貝葉經》。

我和祖古澈桑仁波切初次見面的第一天是個週末，大清早要去公司加班，先繞道去師父住處，拿著一本《貝葉經》要送去給他。按了電鈴師父開了門，初次見面簡單寒暄兩句，我發現這位青海來的師父國語還講得不是很流利，改用英文和他聊，更聊不起來，雞同鴨講有點尷尬，就不多聊了，直接從提袋裡拿出那本《貝葉經》，表明來意說：「師父您看得懂這本古佛經的話，就送給您了。」祖古澈桑仁波切本來是靦腆笑容，看到我拿出《貝葉經》，頓時像中了大樂透一樣喜形於色好開心，嘰哩咕嚕講起一長串藏語，師父知道我聽不懂他說啥，便請我進屋裡坐，然後他去打電話，用藏語講了一會兒後，示意我去聽電話，我接了電話後才真相大白。

電話那頭是一位喇嘛師父，已經來台灣一段時間，國語說得很好，透過喇嘛師父翻譯說明才知，祖古澈桑仁波切剛來到台灣幾天而已，當天清晨他做了一個夢，夢見有一個童子拿著亮亮的發光的法本去找他，他夢醒後只是覺得這是個吉祥的夢，沒多想，接著做早課，才剛做完早課我就上門了，就拿出一本《貝葉經》給他，馬上應驗了夢境，所以仁波切師父很開心。我乍聽之下只是覺得「這麼巧!?」留下《貝葉經》之後沒多聊，我還趕著去公司加班。臨走前，我告訴仁波切師父說，我今天要去公司加班，明天週日上午我去台北建國玉市拿盒子，要裝這本《貝葉經》用的，明天下午我再拿過來。

《貝葉經》上下兩片是上了朱漆的厚硬木板，中間經文頁是用貝多羅樹[1]的樹葉，搗成紙漿後風乾，再裁成一片一片長方形，以古梵文（又稱巴利文）雕刻經文，用兩支木籤串起經文葉片，周邊則塗滿了金漆以保護經文葉片。為了妥善安置保存這本《貝葉經》，我上週日去了一趟台北建國玉市，在一攤賣大大小小錦盒的攤位處，想買一個大錦盒，因為這種長方形的大錦盒規格特殊，買的人不多又佔地方，那老闆上週並沒有帶到建國玉市，約好這週日帶來讓我挑選。

這週日我依約再到攤位前，老闆帶了三個大錦盒來，我選了最大的一個，下午帶到仁波切師父住處，當把《貝葉經》放入錦盒那一剎那，讚嘆不已，訂做的也沒這麼剛好吧!?錦盒是以硬木板打底，外包錦緞，內襯以黃色絲絨包覆海綿，《貝葉經》從一端先放平置入，另一端由手指拖著置入錦盒後抽出手指頭，只見那《貝葉經》順著錦盒絨布壁面緩緩降下，氣密度極佳，像是有油壓裝置似的，讓我看傻了眼。仁波切師父倒是神閒若定，繼續誦經為這本《貝葉經》灑淨加持。

因為護照簽證期限的關係，祖古澈桑仁波切每隔半年就要出境一次，到印度、香港、馬來西亞等地走走，隨順因緣弘法，過半年後再申請入境台灣。因為每次祖古澈桑仁波切出境

1 《貝葉經》的名稱起源：貝葉，即貝多羅葉。貝多羅，梵語pattra，為「葉」的音譯，屬棕櫚科的一種熱帶性植物，產地主要在南方，以印度、錫蘭、緬甸、中國西南地區為多。

後再回來台灣的時間都不一定，我也不知道祖古澈桑仁波切的行程及回台的時間，但是每次祖古澈桑仁波切要回台灣的行程及班機確定了，我都會先作夢，隔天就會聽到師姐通知我師父要回來台灣的消息。

曾經夢到我去逛一家像是骨董店的一家店鋪，店裡的東西玲瑯滿目新舊雜陳，我特別注意到屋樑上掛著一把普巴杵，就和屋樑一樣巨大的象牙製普巴杵，握把上雕刻著觀世音菩薩的頭像，精雕細琢，華麗莊嚴，氣勢磅薄，一看便知此非凡物。我仰著頭仔細看著那一把普巴杵，駐足欣賞許久，看了又看，讚嘆不已，直到店家老闆看我怎麼在店裡逗留那麼久，我才離開那店鋪。夢醒是日，就接到師姐電話通知仁波切師父要回來台灣的日期時間，問我能不能去機場給仁波切師父接機。

也曾經夢到參加一個盛大的法會，會場人山人海萬頭鑽動，會場中間有跳金剛舞的表演，法會結束後，現場發送甘露丸給信眾，因為排隊領取甘露丸的人龍好長，圍繞在會場好幾圈，我想說我先去上個廁所再回來排隊都還來得及。不久我從廁所走出來，急忙想趕快去排隊領甘露丸，就在走出廁所門口時發現，剛剛會場裡還滿坑滿谷的人，怎麼才一會兒功夫人全都走光了？

驚訝之餘，眼角餘光看見右側有一尊高大的金剛向我走來，我趕緊後退一步讓金剛先行通過，我目視盯著金剛從我眼前走過，威風凜凜氣場超強，這才看清楚了，是真的普巴金剛法身本尊，不是一般穿戴金剛戲服跳金剛舞的表演舞者。

心裡既驚又喜之際，那普巴金剛身後跟著一位侍從喇嘛師父，那喇嘛師父看到我也很驚訝的說：「耶⁉還有一個？那剩下的這包都給你！」喇嘛師父剛剛在法會結束後發送甘露丸給信眾，信眾都發完離開會場了，還剩下一小包，沒想到還有一個我在會場裡，喇嘛師父就把剩下的那包甘露丸都送給我了！充滿法喜的夢境，喜孜孜地從夢裡醒來，夢醒是日早晨，就又接到師姐電話通知仁波切師父要回來台灣的日期時間，問我能不能去機場給仁波切師父接機。

有一次祖古澈桑仁波切回台灣我去接機，時間尚早就先來我家裡作客稍事歇息，仁波切師父看見我家裡一顆紅蠟石很訝異，說他做了一個夢，夢見他把普巴杵插在一顆紅色石頭上，原來就是我家裡這一顆。「黑馬頭明王普巴金剛」，正是祖古澈桑仁波切的法身本尊，普巴杵正是祖古澈桑仁波切的象徵。

記得祖古澈桑仁波切師父最後一次離台時，我到台北接他要送他去機場，因為時間還早，就先到我家裡坐一下。那一次要離開去機場前，我突然心血來潮想幫師父拍張照片。拍完照片，臨行前祖古澈桑仁波切和我額頭碰額頭了片刻，我當時以為那只是藏人離別時的祝福習慣動作，但也覺得奇怪，幫師父送機也不是第一次了，怎麼這一次特別和我額頭碰額頭，也僅此一次。後來才知，也許祖古澈桑仁波切似有預知，那是今生最後一次的道別了。

當我再聽到祖古澈桑仁波切的消息，他已經在青海玉樹老家圓寂了，聽到消息時隔幾天週一就要舉辦法會後火化，也來不及趕去玉樹。到了週一是日凌晨，我做了一個夢，夢境中是一個在空曠山谷中很大的法會場合，有許多穿紅袍的喇嘛及穿便服的俗家弟子參加，我也有參加，在人山人海法會人群的最後面，手上拿著一大把藏香，那味道怎麼和我家裡用的藏香一模一樣⁉法會進行一段時間後，講台上司儀說恭請仁波切上台致詞，我看到一位身材瘦高穿著黃衣紅袍又盤髮的人的背影緩步走上台，我這才認出，那不是我師父祖古澈桑仁波切嗎？師父怎麼會在這裡出現？

心裡猛然一驚，我知道今天是師父火化的日子，難道這是師父圓寂火化前的法會⁉原來我是在參加我師父火化前的法會⁉雖然是在夢中看到師父的背影，一如多次在機場送行看著師父離去的身影，但那感覺如幻似真再清晰不過，連藏香的味道都聞得到，頓時分不清夢境與實境。我整個人跪趴在地，雙手拱成香爐狀，手中滿是香灰，中間插著一把燃燒中的藏香，頓時傷慟逾恆悲不可抑的喃喃唸著——「師父！師父！」忍不住放聲慟哭……就這樣哭醒了！醒來後看了周邊，原來是夢，但我眼角有淚，哭到哽咽鼻塞，心中悲慟的感覺是如此清晰而真實，好像真的剛從師父的告別式會場走出來一樣。我起身走出臥房，到佛堂打坐遙想師父「祖古澈桑仁波切」，是時清晨四點五十分。

週一例行公事特多特忙，白天上午我先把這夢境發簡訊給余師姐，這天下午余師姐打電話到公司給我，我們一起打電話到玉樹去問師父法會及火化的情形，一切順利圓滿！掛了電話後，從我辦公室窗戶看出去，看到一小段彩虹，當時並未下雨，我心理正想著說是祖古澈桑仁波切師父顯靈來看我了嗎⁉沒想到接著就出現了兩道彩虹！我拿出相機連拍了幾張後，彩虹很快的就消失了。

緣起緣滅，回想起與祖古澈桑仁波切師父今生重逢相識短短七年的一切過往，心中有許多缺憾，但與祖古澈桑仁波切師父感應甚深始終如一，相識時是祖古澈桑仁波切師父夢見我帶著法本《貝葉經》去找他，離別時是我在夢境中去參加師父的告別法會，也有些許安慰。如果祖古澈桑仁波切乘願轉世輪迴再來，我相信我們還會再見面的！

伏藏大師「日增呂敦多傑尊者」師公與「祖古澈桑仁波切」師父，都是修行大成就者，珍貴的照片。

辦公室窗外遠山山頂上靜靜躺著細長的雲，拍下來後豎起來看，是不是一朵像普巴杵的雲？師父又與我感應，在窗外靜靜地陪伴我，細細長長挺直的身形，眼鼻盤髮清晰可見，還有頂上的馬頭明王，像普巴杵的雲，虛虛實實，如幻似真。

後記一

因緣際遇，二〇一六年幸遇得入「香積如來法門」，在香積法門裡更加精進潛修學習，二〇一八年八月十八日（農曆七月八日）香積如來師父賜與我法號「香輝」，二〇一八年八月二十日（農曆七月十日）我親自將祖古澈桑仁波切師父從地獄渡上香積如來淨土。幾日後清晨靜坐中，我看見了祖古澈桑仁波切師父，穿著服裝和生前常穿的衣服一模一樣，只是服裝顏色由赭紅變成了雪白，臉上依然掛著靦腆的笑容，一如生前我們師徒初次見面時一樣，吾欣慰，釋懷了。（詳參〈3.2　師父你是怎麼混的〉）

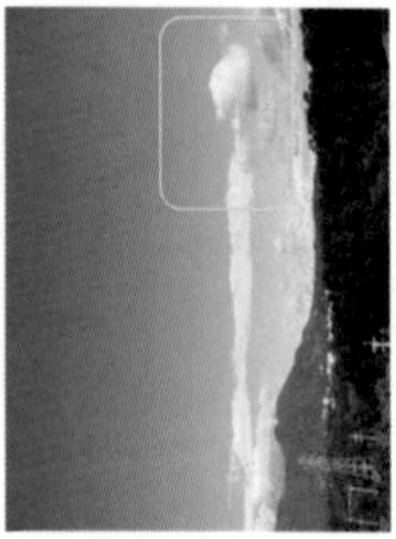

像普巴杵的雲

後記二

和祖古澈桑仁波切師父認識緣起於這一本《貝葉經》，這《貝葉經》是以古梵文（巴利文）雕刻經文文字，剛送給仁波切師父當見面禮時，我問仁波切師父看得懂這是什麼經文嗎？仁波切師父回答說看不懂。每當仁波切師父簽證到期要離台時，這本《貝葉經》就暫時交給我保管，等仁波切師父回台灣時就又送回到仁波切師父住處。後來有一次我又問仁波切師父這本是什麼經文？仁波切師父回答我說：「**這是有關醫藥的經書，好好的，可以治未來的病！**」可以治未來的病？當時未能理解仁波切師父的未來進行式語法，仁波切師父最後離境圓寂，這本《貝葉經》就留在我家裡。

直到我加入　香積法門之後，在一次分享會

中經香豐師兄告知，這本《貝葉經》其實是我自己的前世之物，現在只是物歸原主，待我自己努力精進找回前世智慧，與自己的前世合一，就能像祖古澈桑仁波切師父一樣，現在看不懂的文字，與自己的前世天人合一後自然就看懂了。我還真希望能看得懂這部《貝葉經》，若能解讀出來古人的智慧有什麼對治未來病的解方，利益娑婆眾生，促進世界和平，just do it why not ?! 只是，這說法乍聽起來有些天方夜譚，但我日後經歷、驗證太多不可思議天方夜譚的事，倒是很樂意再多驗證一次——有關這部《貝葉經》！

2.8 生日的彩虹

二〇一〇年五月間，某週六出差大陸，先到北京，這週二恰好是我的生日，我常自覺，我的人生已經走過一半了，今年的生日又恰巧出差，人不在家裡，沒有太太孩子的陪伴慶祝，因此不覺得有生日的喜悅，反而多了人過半生一事無成的惶恐與慚愧。於是我和一位學弟特地去了北京西郊「八大處」的一處寺廟叫「靈光寺」，這是學弟特別上網搜查網路票選北京最靈驗的十大廟宇之首，因為靈光寺裡供奉釋迦牟尼佛祖的佛牙舍利，據聞來此禮佛許願特別靈驗！已過半生的生日，我想沒有比去向佛祖禮拜懺悔與祈福更好的慶祝方式了。

這年的生日，我給自己買了一份很特別的禮物，這禮物還真的是很特別，很殊勝，和我很有緣！那是一張來自西藏，在大昭寺開光的「釋迦牟尼佛」金唐，幾個月前，透過學弟轉寄發自西藏畫師的電子郵件，好幾張精美的手繪唐卡照片，我選購了一張讓我一見如故非買不可的唐卡，當下已經先把這幅佛祖金唐照片下載，當作我筆電的桌面來欣賞了，好期待快點看到這幅金唐真跡原作。

一見如故的「過去佛」——藥師佛祖金唐

這是一幅結指印的佛祖金唐，立即請學弟幫我向西藏那邊訂購，那幅金唐在大昭寺開光後寄到北京學弟家，貴重的金唐郵寄包裝，竟然是捲起來塞在一截硬塑膠水管裡，保護效果還不錯，但這樣也能寄到，真嘖嘖稱奇了。我這次到北京時才看到這幅金唐，展開唐卡欣賞原作，只覺充滿法喜，也不覺有異，還特地去買了一個圖筒，來安置這幅珍貴殊勝的佛祖金唐，妥善保存也方便攜帶回台灣。靈光乍閃，既然要去八大處參拜佛牙舍利，那我就把這佛祖金唐一起帶去再加持一下吧！於是我就背著裝著佛祖金唐的圖筒去靈光寺拜拜。

出發前，我心裡就有預感，可能會發生什麼奇特殊勝的事。果不其然，我們坐地鐵到蘋果園站下車，原本日正當中豔陽高照的好天氣，就在我們剛走出地鐵站的那一刻，突然落下豆大的雨滴，但依舊是豔陽高照，我們立即又縮回地鐵站躲雨，等學弟拿出折傘打開來，那豆大的太陽雨雨滴已經戛然而止。學弟邊收傘邊嘟囔著，這是啥怪天氣，戲弄人……但我心裡會心一笑，這是天降甘霖來洗塵迎佛祖了！

出了地鐵站，我們立即換搭計程車直奔八大處去，一路都是藍天白雲的好天氣。八大處是在北京西郊一處山麓，分布有八座歷史悠久的古剎，因此叫八大處。我們到了八大處，要購票入園，我們想嘗試是否可以購買半價的學生票，我拿出人大研究生的學生證，學弟拿出寫著「博士研究生」的人大學生卡，結果是認證不認卡，售票阿姨硬是說研究生不能買學生票，要學弟補票，反而我這看起來不知要比學弟老多少歲的人，拿著學生證，阿姨不查看就通融放行了，我想這也是我背上的佛祖在暗中幫的忙吧！

進了八大處，我們就直接往二處的靈光寺去，一路禮拜諸佛菩薩，最後終於來到供奉佛牙舍利的舍利塔，舍利塔一樓大殿供奉法像莊嚴的三世佛三尊佛祖金身。我三跪九叩行大禮拜，向佛祖懺悔、告白、許願祈求……，最後自圖筒中拿出佛祖金唐，展開來，剛好有大殿的三世佛祖金身可以比對，就在展開佛祖金唐的那一刻，傻眼了。耶⁉我這才認出來，怎麼和我原本訂購的那一張佛祖金唐不一樣⁉

我天天看著電腦桌面的金唐，訂購的那一張金唐佛祖是結指印的，這一張怎麼是持缽的？是西藏寄錯了？學弟拿錯了？還是被調包了？一時也還沒弄明白是怎麼回事。學弟就在旁邊和我一起忙著拜佛，我當場即向身旁的學弟反映說，這張佛祖金唐不是我原先看到的訂購的那一幅呀⁉學弟還十分篤定地和我爭辯說沒錯！寄來這麼久他也看過好幾回了，就是這一張不會錯的！

我心想，都已經背到這佛牙舍利面前了，就算寄錯拿錯了，就將錯就錯，也是和我有緣吧！暫且擱置佛祖金唐的對錯問題，還是把唐卡在佛牙舍利塔的佛祖面前展開，請求佛牙舍利親自為佛祖金唐加持！希望佛祖金唐能有與佛牙舍利一樣的能量！行禮如儀之後，繞著佛牙舍利塔繞塔三圈，親身感受佛祖的加持力！我們繞塔三圈禮佛完畢，功德圓滿，充滿法喜，覺得好像真的有比較「靈光」了！

接著來到一處叫「許願台」的地方，既然來到北京第一靈寺，當然要好好許個願！豈知，本來天氣很好的，突然一陣狂風暴雨，像颱風天似的，遊客一哄而散，只剩下我和學弟兩人在狂風暴雨中的許願台前撐傘許願。在風雨中匆匆許願完，我和學弟趕緊躲到旁邊的禪房前淺短的屋簷下躲雨，我還笑笑地和學弟說，我們剛才許的願應該會更靈驗吧，因為在暴風雨中就咱兩個傻蛋在許願，佛菩薩會更專注聽我們許的願望吧⁉

雨仍然下得很大，我看著大雨對學弟說，來北京難得遇到下雨，這雨應該也下不久，而且等一下可能還會有彩虹……。話才說完，天邊一角就露出陽光了，左半邊仍然在下大雨，雨滴落下激起地面水花四濺，右半邊已經出太陽了。就在這太陽雨的奇觀下，出現了另一個不可思議的奇觀——地面上出現了一道彩虹！像鋪地毯似的，從剛剛許願的許願台三寶佛前一路彎到我們面前來！竟有此奇景⁉我和學弟都看傻了，從來沒看過鋪在地上的彩虹，而且像是專程為我們鋪設而來，就出現在我們面前！我連忙想拿出背包裡的相機來拍，一時手忙

錯寄的「現在佛」——釋迦摩尼佛祖金唐

腳亂，等相機拿出來時，彩虹已經瞬間變淡慢慢消失了！傾盆大雨也忽然戛然而止，一切天氣異象的出現與轉變，只是一瞬間的事情。

等回到學弟家後打開電腦查證，果真是，寄錯了！學弟立馬打電話向西藏畫師那方反映詢問，原本訂購的那一張金唐是結手印的佛祖，而寄來的這一張金唐怎麼是持缽的佛祖？質問那畫師怎麼會寄錯呢？我原來訂購的那一幅佛祖金唐呢？還在嗎？學弟連珠炮質問下，那畫師一時也被問傻了，趕緊去察看怎麼一回事兒!?

半响後話筒傳來畫師一連串的抱歉、抱歉，「呀——真給您寄錯了！這下咋辦是好？重來沒發生過這事兒，要不給您再寄過去？要不您就換這一張？要不給您退錢？要不……？」畫師滿懷歉意又很緊張，抱歉連連，學弟拿著話筒問我想要咋辦？我滿心歡喜笑著說，我求之不得咧，原先訂的那一幅佛祖金唐，就請他幫我收好寄過來，這一幅佛祖金唐我也買了！畫師聽了，又是謝謝又是抱歉的，總歸是皆大歡喜喜劇收場！

聽那畫師說了才弄明白，我原本訂的那一張金唐是「過去佛」，也就是「藥師琉璃光如來佛」、「藥師佛」，也稱為「燃燈古佛」；而寄來的這一張金唐是「現在佛」，也就是「釋迦牟尼佛」，這兩張佛祖金唐除了結手印與持缽的局部差異外，其他部位的神韻、畫風、紋飾、尺寸幾乎是一模一樣，是同一套三世佛的金唐。還有另一幅是「未來佛」，也就是「阿彌陀佛」，但已經被人買走了，不然我也一併請購了。更特別的是，這一張錯寄的「釋迦牟尼佛」金唐，原本是惜售的非賣品，並不在西藏畫師原先發電郵過來供我們選購的唐卡照片之列，結果竟然就陰錯陽差的寄過來了，還讓我帶到佛牙舍利塔前才發現！若說不是冥冥之中注定千里而來的緣份，那又該如何解釋這殊勝而美麗的錯誤!?

週三已經從北京來到蘇州，在蘇州過週末，下週一到深圳去。昨天週六早上已經把一本《妙法蓮華經》送到太湖邊漁陽山麓的「法華寺」，法華寺原名「清華寺」，原是頗具規模的千年古剎，但毀於文化大革命，文革後重建此一小屋，但有道是「山不在高有仙則名，水不在深有龍則靈」，廟也不在大，就看廟裡的神佛靈不靈。第一次經過這路邊小廟時，看到地上豎立一個牌子寫著「百杖禪師出家聖地」，既是聖地，定要朝聖，入了廟門看到供奉的神像都特有靈性，一見如故！有觀音菩薩及兩旁金童玉女，還有一尊龍王菩薩，雕刻精美莊嚴，都是有歷史的老神像，文革期間被信徒搶救藏起來未被破壞，才得以重現於世！

上回來法華寺時巧遇住持，向其詢問龍王菩薩的來歷，告知是鎮守太湖的龍王。住持介紹說這廟旁有一湧泉水塘，是通太湖的，泉水終年不乾，住持說曾經親眼目睹一條巨龍盤踞在水塘旁曬太陽，倏忽騰空而起跳入泉水中。因此這次出差，特別帶一部《妙法蓮華經》（即《法華經》）來與法華寺結緣，離開法華寺時，四周正起大霧，有如置身夢幻仙境之中，感覺很奇妙！

四十五歲的生日，能有這些奇遇經歷，處處覺得充滿法喜，希望在諸佛菩薩的護祐下，後半生能比前半生過得更精彩而圓滿！

後記

二〇一〇年十月初，我又專程去了趟北京，那張原先訂購的過去佛「藥師佛」金唐已經寄到北京學弟家，這回去北京主要目的正是去迎請「藥師佛」金唐回台灣，充滿法喜的旅程。現在「三世佛」還三缺一，少一張「未來佛」，也就是「阿彌陀佛」，靜待因緣俱足的時候到來。

有些新潮花俏的「未來佛」—「阿彌陀佛」

補記

為了圓滿「三世佛」金唐，我請那西藏畫師再畫一幅未來佛「阿彌陀佛」，那畫師也欣然允諾幫我重畫，但可能是因為主客觀的時空環境不同、心境不同，畫出來的唐卡作品風格就是截然不同，畫師先後 email 發來好幾張「阿彌陀佛」金唐，但是我看了都不滿意，畫師又再畫，先後畫了一年多，畫了至少有五幅，直到這一張的紋飾風格較為接近，但相較之下還是稍嫌花俏了些。體恤那畫師辛苦畫了那麼多張，而我也頓悟，萬法空相，何必執著於一定要與過去佛、現在佛一樣的紋飾風格，更何況這是「未來佛」，誰知未來是什麼樣子，但「未來」應該是和「現在」、「過去」有些不同吧!?於是就這麼定了！三世佛金唐終於圓滿了！

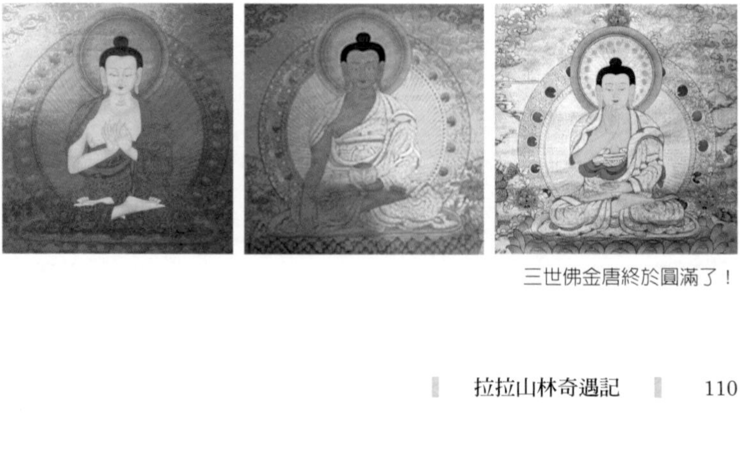

三世佛金唐終於圓滿了！

2.9

四頭犛牛換一個

這是我的密宗啟蒙上師「祖古澈桑仁波切」送給我的護身物
師父說這是他和另一位也是仁波切的哥哥一起親手做的
據師父說這是師父在山上岩洞裡閉關坐關期間
岩洞山壁自然流出的含水軟泥
取這泥巴加了舍利子及甘露等很多寶物後燒製而成
這上面還留有指紋清稀可見
上半部是環繞佛塔造型
下半部像普巴杵的尖端
我問「祖古澈桑仁波切」師父這是什麼？
因為師父當時的中文說得不是很流利
說了半天我還是不知道這是什麼東東
只聽懂了一句比喻——
「戴這個，子彈打來都要轉彎的呀！」

祖古澈桑仁波切手做擦擦

所以知道這是個護身物就是了
也就一直戴在身上
多年後的這個月我去了北京再去庯和宮
在附近的一家賣唐卡藏香等西藏文物的商店參觀
看到那年輕的藏人老闆也戴了很多西藏飾品
那老闆和我攀談並介紹店裡的西藏文物
我突然福至心靈拿出這隨身戴的東西問那老闆
「有沒有看過這個？這在你們西藏叫什麼？」
那老闆眼睛突然亮了起來睜大了眼瞧
「呀——這個好！這個很好的呀！你怎麼有這個？」
我說是我上師送我的，也再次問他這個叫什麼？
「這在我們那邊要四頭氂牛才換一個！」
「要四頭氂牛換一個!?真的假的!?」我驚訝地問老闆
「真的！我現在要有氂牛就和你換！」
「戴了這東西，刀槍不入的！」老闆很認真回答
我不知道一頭氂牛價值多少錢
但可以想見這東西在藏人心目中是極其珍貴的

聊了半天最後終於問到了

這師父送的寶叫做——「車松」（音譯）

我心中暗暗一驚，怎麼聽起來和師父的名字那麼像？

「祖古．澈桑．仁波切」！

也許那藏人老闆講的正是「澈桑」吧！

原來師父送的寶物就叫做「澈桑」！

而今「澈桑」還戴在我身上

「祖古澈桑仁波切」已在另一個轉世的輪迴旅程中……

「祖古澈桑仁波切」師父在台期間，一位對師父虔誠侍奉的余師姐，看到這貼文後特別回覆分享，說這護身寶物叫「擦擦」，擦擦是仁波切師父在山洞閉關修法中，於堅硬牆壁流出的較軟的土做的，仁波切師父說，「戴這擦擦，獒犬也咬不下去。」仁波切師父也曾有問過師公這是什麼？答案已經想不起來，反正就是閉關實修得到的功德物，殊勝非凡。

2.10

朝聖的天行者

天行者——扎江仁波切
修行大成就者
也是我啟蒙上師祖古澈桑仁波切的哥哥
扎江仁波切和巴青拉姆佛母及五個孩子
一家人現在正三步一叩大禮拜
在西藏高原朝聖的路上
從青海玉樹囊謙縣出發
目的地是西藏拉薩大昭寺
看谷哥地圖開車1308公里要29小時
健行翻山越嶺也有1265公里要318小時
而三步一叩大禮拜要走上好幾個月
聽師姊說祖古澈桑仁波切花了兩年完成
只有堅定的信仰者才有可能完成的神聖旅程

札江仁波切長子——丹增嘉措

那是天行者！
高原路徑上不缺各種磨人的地形地物
串連起一關接一關身心靈的考驗
看照片中在雪地裡大禮拜的朝聖者
那堅定專注的神情
如同金剛護法般莊嚴肅穆
在額頂上擊掌拍落的雪花
是佛菩薩為朝聖者每一步的加持
夾雜著雪花的滂沱大雨
落在朝聖者身上化為甘露
是佛菩薩為朝聖者每一步的祝福
隨著風沙呼嘯而過的汽車
卻遠遠跟不上一步一腳印的朝聖者
上師扎江仁波切鼓勵大家總是說
慢慢來要用心我們沒有什麼比這更重要的事
我望塵莫及師伯一家人的朝聖之旅
只能以最真摯而虔誠的心念

祝福師伯扎江仁波切一家人
順利平安完成朝聖之旅
一切吉祥如意光明圓滿

後記

二〇一七年，六十一歲的師伯　扎江仁波切帶領全家人及弟子、隨行後勤人員一行二十人，春末四月二十七日從青海玉樹囊謙縣出發，在入冬前十月二十六日抵達西藏拉薩大昭寺，恰好六個月的時間，平均一天七公里的大禮拜行程，這需要何等堅定強大的信仰與毅力才能完成的朝聖之路，謹以本文向師伯　札江仁波切一行人致敬與祝福！

師伯的孩子及後勤攝影記錄人員，也全程記錄了一路上的點滴經歷，全程分為歡樂與辛苦兩段，詳實豐富精彩動人，筆者力推搜尋抖音網觀賞作者忠嘎才措、阿霍 Gaga 製作的紀錄片——「一趟長達1300公里的朝拜」。

照片提供者，阿霍Gaga，參與朝聖天行者之一。

第三章 香積法門

從小到大，接觸不少宗教派別，鐘鼎山林，各有高人，總是抱持著敬畏之心，縱使曾有機緣短暫為門下過客，總是緣起緣滅漸行漸遠，原因不一而足不深究矣。直到遇到香積法門，自己親身見證的經歷體悟，多位師兄師姐的殊勝經歷心得分享，更重要的是，人人都可以獲授殊勝大法，能上天下地救渡眾生，只要肯潛心修持並持之以恆，且有一顆大愛無私的心，得之於天地，用之於眾生，這才契合我的宗教理念。

香積如來，出自於《維摩詰所說經．香積佛品第十》[1]有詳細說明，YouTube 也有淨空老法師講授香積如來教化眾生的方法，我特別把淨空法師的這一段講授內容一字不漏紀錄下來：

下面引維摩經香積佛品，有段話說，「爾時維摩詰問眾香菩薩」，這是從香積國過來的，「香積如來，以何說法？」請問他，香積如來是用什麼方法教化眾生？「彼菩薩曰：我土如來，無文字說，但以眾香，令諸天人，得入律行，菩薩各個坐香樹下，聞此妙香，即獲一切德藏三昧。」大乘經教裡面我們讀過，十方世界的眾生根性不相同，我們這個世界，就像《楞嚴經》上所說的，文殊菩薩在楞嚴會上，接受世尊的教誨，讓文殊替我們揀選與我們相應的法門，文殊菩薩選擇的是耳根法門，菩薩說：

[1] 節錄自《維摩詰所說經．香積佛品第十》：「上方界分過四十二恒河沙佛土，有國名眾香，佛號香積，今現在。其國香氣比於十方諸佛世界人天之香最為第一。」

「此方真教體，清淨在音聞。」音聲聞法，為什麼？耳根最利。因此，跟觀世音菩薩的緣分特別深，為什麼？觀音菩薩就是耳根根性非常好，特別利，看不清楚，但是聽得清楚，一聽就懂，就能開悟。娑婆世界眾生的根性，跟觀音菩薩相應，所以二十五圓通當中，耳根圓通的觀世音菩薩，排列順序排到最後，最後就是什麼？最殊勝的法門，這是娑婆世界眾生最殊勝的法門，耳根最利。

香積國眾生，跟我們這裡不一樣，六根哪一根最利？鼻根最利。換句話說，眼看不行，他不懂，耳聽也很困難，你叫他聞香，他一聞就懂，他就開悟了，鼻根最利。所以，各個地區眾生根性不相同，佛知道，法身菩薩知道，他們教化眾生，能隨眾生的根性，有真實智慧，有巧妙的，佛經上常講「善巧神通方便，令一切眾生悟無上道。」香積如來他是用聞香用飲食，所以佛門廚房叫香積廚，香積如來常常用飲食供養大眾，聞香、吃飯他會開悟，就是說鼻根、舌根很利，他聞香能獲得一切德藏三昧。

用白話文說，有一位維摩詰菩薩，詢問來自香積國的菩薩，問香積如來是用什麼方法教化眾生？淨空法師解說，香積國沒有文字經典來說法，香積如來常常用飲食供養大眾，聞

香、吃飯就會開悟，聞香就能獲得一切德藏三昧。初次乍看，似懂非懂，但理解到有經典裡記載香積國、香積如來，佛門廚房叫香積廚，在香積國的善巧法門裡，聞香、吃飯就會開悟。吾有幸因緣俱足入香積法門，紀錄分享殊勝的經歷體悟過程，謹希望能普渡諸有情。

3.1 因緣俱足初體驗

一九九二年我在美商花旗銀行徵信部上班，那時候認識了Golden陳師兄，因陳師兄的引薦，加入華興靈修中心，開始學習打坐。記得新生報到第一天， 師父給所有的新進弟子灌頂加持，我第一次感受到被加持的感覺，如一桶蜂蜜從頭澆灌而下，緩慢地流淌包覆全身，非常奇特的感覺。後來離開了花旗銀行，也因工作忙碌沒能緊跟聚會的時程，漸漸地離開了華興靈修中心，也與陳師兄斷了聯繫。

二〇一七年，拜行動通訊科技之賜，花旗的老同事們有了Line群組，大家聯繫上了，相約見面聚餐好好聊聊，才又和陳師兄碰面。相隔二十多年後再見到陳師兄，讓我大為吃驚，陳師兄的外貌怎麼一點都沒有變，甚至變得更年輕了。和陳師兄敘舊閒聊，才知道華興靈修中心已經解散多年，陳師兄現在是「香積如來法門」的弟子，修行的法門更是殊勝的方便法門，……。從陳師兄口中第一次聽到「香積如來法門」，一知半解，但若陳師兄是因為在香積如來法門修法而青春永駐變年輕了，這我就很有興趣進一步探究了解，陳師兄邀約我可以參加他們的打坐體驗看看。

我後來雖然離開了華興靈修中心，但是在華興那幾年已經養成打坐靜坐的習慣，至今近三十年一直持續不斷，所以欣然接受陳師兄的打坐邀約。特殊的是，不必像以前在華興時要跑到道場打坐，而是就在我自己家裡打坐，只是在同一個時段裡打坐，一樣可以感受到　香積如來師父的加持力，就像雲端連線一樣，資訊傳遞仍然可以暢通無阻。

當天晚上，到了打坐的時間，我就如平日一樣在我家佛堂盤腿而坐，未久，突然覺得前額頭左半邊有股亮光及熱流，感覺像是有一盞探照燈對著我的額頭照，甚覺奇異，不由得偷偷地張開眼睛抬頭看，但是一張開眼睛抬頭看，什麼都沒有，光熱感也立刻消失，奇了⁉我閉上眼繼續打坐，沒多久那股光熱感又來了，而且感覺鮮明，不由得又偷偷地張開眼睛抬頭看，但什麼都沒有。我再閉上眼繼續打坐，那股鮮明的光熱感受立刻又來了，好像是在和我玩一二三木頭人，這次熱流一來我就火速張開眼睛抬頭看，但一樣還是什麼都沒有，真是奇了⁉

打坐近三十年，從來沒有過這樣的感受，陳師兄介紹的這香積法門打坐體悟果然與眾不同。於是我不玩一二三木頭人了，乖乖打坐到時段結束，靜心體會額頭上那股光熱流的殊勝感覺。打坐結束後我立刻打電話給陳師兄，回報方才打坐時的新奇感覺，詢問這是怎麼一回事？陳師兄回覆說，這就是　香積師父給弟子的加持力！「那為什麼只有左半邊額頭有感覺咧？」我問陳師兄，陳師兄說每個人初次體驗的感覺體悟不盡相同，若能持之以恆一起打坐練功，你會有更多的感應。

就這樣，我仍然維持多年來的打坐習慣，只是到了香積法門師兄姐一起打坐練功的時間，我就會向陳師兄報名參加打坐。香積法門，依法為師，人間無師，香積法門的　師父就是「香積如來佛祖」，參閱《維摩詰所說經・香積佛品第十》有介紹，聽陳師兄如是說，我對這香積如來法門越加想要一探究竟了！

3.2 師父你是怎麼混的

二〇一六年十月國慶日三天連假，香積法門的師兄姐們在陳師兄的宜蘭羅東民宿聚會，連假最後一天傍晚，陳師兄臨時邀約我去羅東，難得機會和香積法門的師兄姐們認識一下，也可以藉此機會多了解一下香積法門，我欣然前往，開車到羅東已經晚上八點多。

當晚的聚會，其實也是我可以正式加入香積法門的機會，可是當時我心中仍有罣礙，沒有開口說我想加入香積法門，其一原因是我自認為我還是密宗　祖古澈桑仁波切師父的弟子，　師父過世七年，我這麼快又投入其他法門門下，心裡過意不去。香豐師兄看出了我的心思，告訴我說：「你師父自己都還在地獄裡，怎麼助你修行，更別說去渡別人。你若不信，我們調他上來，你自己問他。」

我半信半疑，　祖古澈桑仁波切師父，伏藏大師「桑滇林巴尊者」三世，蓮花生大士弟子一〇八位大伏藏師中最為特殊的八位成就者之一，這一世乘願再來入世弘法，雖然短暫如彩虹，不到五十歲就圓寂，但就算　祖古澈桑仁波切師父還沒有去抽號碼牌排隊等輪迴，再怎麼不濟，也不至於會淪落到地獄去啊!?

很快地，香豐師兄去地府調請　祖古澈桑仁波切師父的魂魄上來，附身在一位師姐身上，但任憑香豐師兄怎麼問他，幾近逼供拷問，他都不回話，很倔強。說實在的，我在旁邊聽香豐師兄問話，依我對　祖古澈桑仁波切師父個性的了解，西藏犛牛的牛脾氣，他若真的是　祖古澈桑仁波切師父，肯定不會回話。但除了脾氣很倔強這一點，和我　祖古澈桑仁波切師父很像之外，我完全無法判斷這位從地府調上來的魂魄，究竟是不是　祖古澈桑仁波切師父。

心裡正在狐疑納悶之際，香豐師兄突然說：「林師兄你自己問問他吧，看他願不願意回答。」我只問了一個問題，就確認那位真的是我　祖古澈桑仁波切師父。我問他：「你記不記得我們初次見面時，我送你的一件見面禮、拜師禮是什麼？」問完半晌，他仍無回應。香豐師兄說：「如果你連你弟子的提問都不願意回答，阻礙了他一個好的修行機會，也阻礙了你自己被渡的機會，你自己再思考看看。」說完不久，那位被我師父附身的師姐突然激動了起來，很大聲脫口而出回答了一個字——「珠！」旁人可能都沒聽懂聽清楚西藏音國語，但我清楚地聽到了，是的，是「珠」，是一顆文字天珠！

二〇〇二年夏天　祖古澈桑仁波切師父初到台灣，住在桃園市區一位師姐提供的大樓社區住家裡，人生地不熟，和我卻一見如故特別投緣。第一次見面時，我大清早拿著一本《貝葉經》去找他，他已經先夢見一位童子拿著發著閃亮亮金光的法本去見他。同年十月我患了顏面三叉神經炎，中西醫都說快者三個月，慢者也有人半年十個月都還沒好，　祖古澈桑仁波切師父在家裡為我一人辦法會去病祈福，不到三週時間我就痊癒了，一個月後我就回公司上班！

後來　師父來台灣的六個月簽證到期，必須先出境離台後，再重新申請入台簽證，離開台灣前，我當時身上戴著一大一小兩顆珍藏的天珠，我把大顆的文字天珠取下送給　祖古澈桑仁波切師父伴身，也作為正式的拜師禮、見面禮，禮重情更重，一切靜在不言中。事隔半年多後，　祖古澈桑仁波切師父回來台灣，我發現　師父怎麼沒戴著我送給他的那一顆天珠，詢問之下才知道，　師父把天珠轉送給別人結緣去了。

我當下很生氣，不只是因為那顆天珠很貴，也因為那顆天珠千年聖物真的很珍貴，才會送給　師父當拜師禮、見面禮，豈料　師父就這麼慷慨轉贈別人結緣去了，真是氣炸鍋了！當然，我不會向　師父興師問罪，但當時臉色肯定像斑馬一道黑一道白。此後我不曾再提起過這事，但　師父知道我對此事一直耿耿於懷，我也知道　師父為此事一直過意不去，普天之下除了我和　祖古澈桑仁波切師父之外，沒有第三人知道這件事。

祖古澈桑仁波切師父年紀小我三歲，平日修法時他是尊貴威嚴的伏藏大師「桑滇林巴尊者」三世，但修法之餘我和　師父情如兄弟無所不談，　師父圓寂時，我沒能去玉樹參加法會見他最後一面，但我已經先在夢境裡親臨現場，對　師父的不捨與思念一直隱藏在心。萬萬沒想到，會是在這樣的情境下，能與　師父的魂魄相見，當我確信那是我的密宗啟蒙上師——祖古澈桑仁波切師父，我再也忍不住掉下淚來。

「師父！你是怎麼混的，怎麼會混到地獄去了……」我很直接地問我　師父，就如同與他生前平日生活中的兄弟對話，心底盡是不捨與思念。　祖古澈桑仁波切師父沒有回應我，我想　師父有他的難言之隱，當下也一言難盡吧，師徒兄弟的默契，一切靜在不言中。這一晚，也讓我確信香積法門的殊勝大法，確實有通天遁地溝通陰陽之能。

此後，我在香積法門裡更加精進潛修學習，二〇一八年八月十八日（農曆七月八日）香積如來師父賜與我法號「香輝」，二〇一八年八月二十日（農曆七月十日）我親自將　祖古澈桑仁波切師父從地獄渡上香積如來淨土。幾日後清晨靜坐中，我看見了　祖古澈桑仁波切師父，穿著服裝和生前常穿的衣服一模一樣，只是服裝顏色由赭紅變成了雪白，臉上依然掛著靦腆的笑容，一如生前我們師徒初次見面時一樣，吾欣慰，釋懷了。

本書編輯付梓之際，一直反思本書推薦序五道法法律事務所蔡所長提問的問題，恰巧法門群組裡有位師兄分享一幅兩格漫畫，一格畫的是大人站在嬰兒床邊，挑選買了一件吊掛在床頭上的吊飾，吊飾有老虎、大象、豬、馬等動物；另一格畫的是小嬰兒躺在床上仰望上方的吊飾，看到的是肚子、屁股、尾巴、腳蹄子。頓悟，我不過就像是那躺在嬰兒床上看吊飾的嬰兒，看到的只是片段而非全貌，　祖古澈桑仁波切師父在地獄，說不定是有特別神任務專程去一趟地獄，包括為了讓我確信香積法門殊勝法，配合客串演出師徒相認記、再讓我渡上香積淨土，作為我日後地獄遊記弘法利生的序曲，原來我才是被　祖古澈桑仁波切師父以此方式捨身渡我到香積法門，箇中安排玄妙深意，吾等凡夫俗子，又有幾人能參悟知曉？

3.3 法號香輝

二〇一八年夏，我們全家人一起跟團到香港旅遊，四天三夜的行程中，有一晚就夜宿在迪士尼樂園酒店，隔天在迪士尼樂園自由活動玩一天，下午五點在迪士尼樂園入口處集合。豈料，難得來香港遊玩竟然碰到下雨天，雨勢還不小，到了隔日上午還在下雨，但阻擋不了我們玩興堅強，還好近中午時雨就停了。老少咸宜的迪士尼樂園，玩一天下來也是挺累人的，我們還不到五點就已經到大門口等著集合了。

以前經常到香港出差，或者經過香港往來大陸，在香港時經常可以看到老鷹在空中翱翔，但最多就是兩三隻結伴。那一天在迪士尼樂園大門口也有老鷹出現，剛開始看到老鷹一隻兩隻零散出現，過沒多久，從四面八方飛來的老鷹越來越多，聚集在我頭頂正上空盤旋，曾經在電視上看過灰面鷲成群過境南台灣形成鷹柱的奇觀，但從未見過老鷹成群在我頭頂上空盤旋形成鷹柱的奇觀，還好那不是禿鷹。

我立刻拿出手機拍下老鷹成群盤旋的畫面，可惜手機鏡頭廣角不夠，且老鷹在鏡頭畫面中飛進飛出稍縱即逝，就是不肯合作乖乖定點不動拍張合照（Q：如果老鷹展翅定點不動，會掉下來嗎？），沒辦法拍下所有的老鷹群聚翱翔的大合照畫面，拍到最多隻的一張照面裡有十九隻。

稍後我把這張老鷹群聚翱翔的照片發到香積法門師兄姐的群組裡，香一師姐回應說：「老鷹是來朝聖的（此聖~家亨師兄）」，「老鷹說這裡有正法……這裡有正法」，我好開心地回應說：「向我朝聖？Happy！不敢當！不敢當！聖鷹應該是來向香積法門的弟子致意，這兩天來香港都有幫忙渡亡，還有香林小師姐化了一游泳池的甘露水造福香港，天地有情，群鷹有靈性，來謝謝香積法門的弟子。更要謝謝　師父賜予的殊勝大法！」

恰巧當天有一位往來台灣香港兩地工作的Shine香竹師姐剛好也在香港，香竹師姐也發了幾張照片到群組裡，其中一張拍的是一間大廟的正殿全景，我看到正殿前兩旁柱子上醒目的對聯，上下聯第一個字分別是「香」、「海」，還有供桌兩旁讓信眾添油香錢用的木箱子，正面寫得斗大的字「香油」。看到「香」字就特別引起我的注意，我回應Shine香竹師姐分享的照片，發了一個訊息問：「請問Shine師姐這照片中對聯的『香海』有什麼特別涵義嗎？我從照片中還看到『香油』。」其實我是顧左右而言他，心裡真正促狹捉弄想提問的是「香油」，心裡想像著如果哪天　香積師父頒賜給我的法號是「香油」，不知那會是什麼樣油滋滋的法喜心情？

香積法門裡眾師兄姐高人濟濟，香一師姐立即回應說：「敬回香輝林師兄，香海即指香水海，圍繞須彌山內海，海水具有八功德，其味香冽故名之：一澄淨、二清冷、三甘美、四輕軟、五潤澤、六安和、七除患、八增益。一切法從心想生，心在哪裡，法就在哪裡，小師姐心中有眾生，將泳池當成香水海，祂就是香海。」我小生駑鈍，一時還沒意會過來，「『香輝林師兄』是說我嗎？沒看懂咧!?」我問香一師姐，因為在此之前還沒有這樣的稱謂出現過。

「香油可燃燈，燃燈光輝生，修行伴佛燈，香油資糧生。」，「所以家亨師兄是看到自己的法號香輝。」，「燃香油生輝啊！所以香輝就誕生了！」香一師姐回覆如是說明。

所以，「香輝」就這麼誕生了！

筆者於香港迪士尼樂園拍攝

3.4

牛魔王Daniel

天下事無奇不有，你相信，你便得見！

＊＊＊＊＊＊＊＊＊＊

凡夫有悟似無悟
娑婆無物實有物
有無非因在不在
萬法惟心開不開
夢授獅抱還原珠
妖怪村降牛魔王
虛實相應香積法
信善方知菜根香

今早打坐感悟心得，如果不是　師父夢授還原珠，讓我自己早幾天先夢見那超可愛小獅子抱珠，說昨天收了個看不見的高大牛魔王，不免要加幾個問號。

現在回想起來，昨天到妖怪村時，豐師兄形容給我聽，那牛魔王就站在那紅色鳥居門後，就和那樹差不多高，還原珠可以拿出來了……

哪兒？怎麼拿？怎麼用？沒說明書？我還一頭霧水。

「動念。」豐師兄說。

於是我就想像手中憑空出現像水晶球般的還原珠，面對那紅色鳥居門的方向，高舉在牛魔王面前。

突如其來之舉，牛魔王牛眼圓睜瞪得好大，似乎是被驚嚇到。

「怎麼會有人看得見我？」

「這小珠子是啥？想做啥？」

豐師兄問：「收了沒？葫蘆裡有沒有？」

「啊？哇阿知？葫蘆？」我心裡ＯＳ，怎又多了個葫蘆？

「再收。」豐師兄像發號施令的將軍般指揮著。

「怎麼收？沒教！」

牛魔王這麼高大威猛，還原珠這麼小，拿到牛魔王面前都讓祂看成鬥雞眼，這要怎麼收，這一定還有其他配菜……

剎那間福至心靈的念頭，想到最近都用興師兄教過的《大日如來顯日法》加偷學的《聖堂十字光法》，用來幫眾生靈療，這身心失調的牛魔王也先給祂靈療SPA一下。

於是動念《大日如來顯日法》加《聖堂十字光法》

將充滿愛的光，透過還原珠照射牛魔王全身……

「還原，變小，收進還原珠……」

我是這樣想像著進行，也好像看到牛魔王收進還原珠裡了，就像聖誕節禮物有雪景的水晶球一樣。

「收了沒？葫蘆搖看看有沒有？」豐師兄問。

「有耶！」因為我已經似幻如真的看到珠裡的小牛魔王，也搖起手中憑空出現的葫蘆，沈墊墊的有東西。

「祂是你的護法了。收工！」豐師兄指揮若定，功德圓滿。

我心裡喜滋滋的，又多了一個護法，還是這麼高大威猛的牛魔王，樂得咧，可惜我看不到祂，不知這霸佔妖怪村的大妖怪牛魔王到底是長得啥牛樣？

就在妖怪村裡參觀閒晃看風景時，在欄杆外樹叢一角，有一個禁止吸菸的告示牌，原本也沒特別在意，突然看到告示牌上一個叼著菸的牛頭，正滿眼無奈的看著我，似乎是回應我的疑問。

「吶，我就長這（牛）樣！」

「牛哥你好！」，我會心一笑，自然是要把祂牛頭照拍下來。

一覺醒來，回想昨日：

妖怪村有牛魔王？我沒看到。

有獅子抱珠？我做夢的。

牛魔王被收進還原珠裡？這要有點想像力。

那聽我講古究竟是真是假？你相信，你便得見。

補記一

寫到「將充滿愛的光，透過還原珠照射牛魔王全身……」莫名的兩行洋蔥淚，似乎感應到牛魔王當時的心情，但不知是因為祂太久沒被人關愛過了，還是因為不甘心被懾服於一顆小珠子裡？

昨日專程去妖怪村收服牛魔王，豐師兄說是我與這牛魔王的因緣，要我自己去究竟原由。剛剛我靜坐時，感悟這牛魔王是我某世家中小牛，也是我形影不離的玩伴，因家貧無濟賣了小牛，小牛卻被新主人虐待憤恨而亡，誤入魔道修持，累世竟成了魔王。昨日在妖怪村，牛魔王看到我，牛眼圓睜，原來不是受驚於被人看見，而是隔世重逢見到故主，兩行蔥淚是隔世相逢的喜極而泣。

牛魔王也向　香積師父及　太上道祖磕頭感謝！

補記二

我回報豐師兄我與牛魔王究竟因緣的結果，豐師兄又出功課，問我是哪一世的因緣？

剛打坐時我就問大牛（我給牛魔王取名叫大牛、Daniel了），我們是哪一世認識的？

一會兒腦袋裡出現「宋朝」及「八二三」數字，我以為是在西元八二三年，立馬谷哥年代表，宋朝是九六〇年到一二七九年，那就不對啦!?

心裡一想，難道是八百二十三年前？

拿計算機掐指一算，「二〇一九減八二三，等於一一九六！」

天啊！我的大牛這幾世是度日如年嗎，幾年前都記得這麼清楚？洋蔥又來了。我哭慘了，您可看見我鼻涕掛多長嗎？

重情重義如我，怎堪知此究竟，我一定更加努力修持精進，人眼牛眼慧眼法眼什麼大小心眼全修全開，讓我好好看看大牛這八百多年是怎麼熬過來的……。

魔王煉成八百年
光愛遍照瞬還原
親身證悟殊勝法
燃心永續香積緣

補記三

自從與大牛今世重逢相認，大牛也成為我的護法尊，是我修行路上的好夥伴好幫手，此後功德行活動在外，大牛除了是我的隨車隨行護法，還會幫我去搬寶物，有一次在一處三寶地開寶庫取寶物時，我就看到大牛很自動的從寶庫裡推著一車金磚跑出來，好個大牛！取之於天地，用之於眾生，這些法財都是用在法會佈施給眾生用的。若遇到不如法，大牛更是神勇無比一牛當先，惟恩威並濟，化不如法為如法，同等得渡。

3.5 地獄遊記

得之於天地，用之於眾生，受之於同門，回饋於娑婆。

地獄一直被認為是作惡者死後受刑之處，下地獄遊地府，是生人迴避之事，生者若欲一窺究竟，除非去觀落陰，從未曾想過有人可以人天地獄自由來去，若有自稱能者，若非神棍，就是精神異常者。

豈料，自己似乎一步一腳印走在印證之路上，見證凡人也可以修得不凡的能力，是開發人類潛能，還是學習特異功能，還是天賜神蹟，且先保持客觀，逐一記錄下來，日後見真章。

1. 幽冥教主令旗與黑麒麟

二〇二〇年，　香積師父安排五月一日北部功德行，橫跨淡水河出海口兩岸，從淡水河左岸的八里觀音山凌雲禪寺、凌雲寺，到右岸的關渡宮、北投行天宮忠義廟、淡水行忠堂、清水巖，再回到中和烘爐地南山福德宮。鑒於過去參加功德行收穫滿滿的經驗，有功德行的機會，若無其他更重要的牽絆事，當然要參加。

中午在北投行天宮正殿旁的迴廊下休憩時，涼風徐徐催人眠，風似乎帶有能量，吹得人身心暢快好舒服。我坐靠著柱子閉目養神享受涼風，似睡非睡半夢半醒間，突然感覺到不自覺的伸出雙手，且手臂不斷往前往下延伸，穿過了石磚地板，伸到地底下去，抓出一個黑黑的方型帶把的盒子，但不知是啥寶物。

甦醒後，張開眼伸伸懶腰，香豐師兄直接就問：「有什麼感覺嗎？」豐師兄突如其來一問，我一時還沒回過神來，草草回答「啊!?感覺很好睡！」原來方才我睡夢中的奇遇感應，豐師兄及其他幾位師姐法眼金睛都看在眼裡。經豐師兄告知，我剛剛入定時，有一道紅光照在我身上，看到關聖帝君與我合而為一。我才想起說出剛才睡夢中有從地下土裡抓出一個黑盒子，一時間也不知是何寶物。

我後來感應盒子裡是一面令旗，但不知感應是否正確，這令旗裝在盒子裡埋在北投行天宮的地下，又是什麼樣的一面令旗？會是什麼作用呢？為此，特別發Line去請教香一師姐，不久就收到香一師姐的回覆告知：「這是幽冥教主令旗，執此令旗神鬼不欺，人天地獄自由來去。」

香一師姐的回覆令我震撼，馬上回應貼上查理布朗翻倒的貼圖給香一師姐，也敬謝香一師姐告知釋疑。這感覺有些沉重的寶物，因為　師父安排賜與的寶物都是有用意的，既然是

淡水行忠堂大門旁的麒麟石雕

自己親手挖出這面幽冥教主令旗，可不是當導遊旗去地獄自由行純觀光用的，是指示我也要去地獄功德行辦法會渡地獄眾生的意思，即如幽冥教主地藏王菩薩的誓願：「我不入地獄，誰入地獄；地獄不空，誓不成佛。」

接著又想到，下午在淡水行忠堂八仙洞開寶庫時，有感應從洞中出現一隻麒麟朝我走來，似黑色又不是全黑，隨著光線及角度不同，有炫麗變幻色彩很漂亮，讓我想起幾日前在家裡打坐時，才得到一顆像茶晶水晶球般帶有黑色冷火焰的「黑麒麟珠」，是否這隻黑麒麟是要來和黑麒麟珠會合的，於是我就動念帶回家囉。

這讓我前後聯想起來，是不是要我帶著令旗騎著這黑麒麟下地獄去？經向香一師姐求教印證確認後，我不禁由衷感佩與感謝　師父，不但賜予我前所未有去地獄出差參訪的機會，還發給我一面可以來去自如的通行證令旗，連地獄來回的交通工具坐騎都幫我安排準備好了！且若不是幾日前自己在家裡先修得一顆黑麒麟珠的徵兆，今日又如何能讓此一聖獸黑麒麟近悅遠來相見歡！

2. 初出茅廬地府探路

功德行隔日，在豐師兄家聚會分享心得，討論到昨天功德行收穫種種，我像是要準備首次出國般，請問香豐師兄許多下地獄的問題，要怎麼去？要注意什麼？去到那邊有沒有人帶路？要不要先去拜會閻羅王拜碼頭打招呼？初來乍到需不需要帶什麼伴手禮？我突發奇想問豐師兄可不可以現在就試著去下地獄看看，趁現在聚會有眾師兄姊在，萬一我在地獄迷路了，或是有什麼突發狀況，身邊還有眾師兄姊可以就近討救兵。

我坐在小椅子上，閉目凝神，動念騎上黑麒麟，出發。坐了半天，觀了半天，也睡了半天，一路上都是灰濛濛的沒看到啥東西。後來看到一面灰色的牆，不高，順著牆面走著走著來到一扇門，門也不大，像一般尋常百姓家的門，也是一樣的灰色調，但裊無人煙，也黯淡無光，是不是我走錯地方了，四下也無人可問，覺得無趣，一睜開眼就回來了。

向豐師兄回報剛剛所見，豐師兄說：「你第一次下去可能是飄浮在半空中，四周當然是灰濛濛的，你要往下看，有很多，角度問題，下回去再試試看。」豐師兄面授機宜，說得好像是從家裡樓上看樓下一樣容易，我已銘記在心，角度問題。聽豐師兄經驗分享，現在的地獄不只十八層，是一〇八層，看你要一層一層渡，還是全部一起渡，還是你人在中間層，整個地獄把你圍繞起來渡……

沒多久，趁著大家閒聊討論之際，我又閉目養神偷偷騎上黑麒麟下地獄去，一樣灰濛濛的過程，但動念間很快的似乎就到了地獄，這回感覺明顯不同，我動念默誦香積佛曲，環顧四週依然是灰濛濛的，但調整角度往下一看，「ＯＭＧ！」嚇一跳！我離地面大約三四層樓高，地面上萬頭鑽動，還真的好多，不知是平常都這麼熱鬧擁擠，還是現在才衝著我來的？我有點嚇一跳，還沒有心理準備，我只是先來探路的，眼一睜就溜回來了。剛剛所見，似有若無，如幻似真，色不異空，空不異色。Anyway, I will be back!

3. 地獄遊記第一回

昨晚早早不到十二點就睡了，就是想今日早起打坐時，就來好好認真的下地獄遊地府去，這是我第一次準備自己下地獄，過去在職場闖蕩多年東奔西走，雖然不乏單槍匹馬單刀赴會的經歷，但下地獄，還真是大姑娘上花轎，生平第一回。

生理時鐘準點四點就醒來了，刷牙洗臉清醒後，拿出地毯鋪在客廳佛堂前，點上一炷龍涎香，行禮如儀後就四平八穩地坐下盤腿，深呼吸，放空，只動念觀想著騎上黑麒麟，背著幽冥教主令旗，再次記誦準備著平日弘法渡眾的功課內容，只是這一次的地點在地府。一切就緒後，「老黑，出發囉，勞您帶路！」

黑麒麟，今後也是我人天地獄三界來去的夥伴，應該給祂起個親切好叫的名字，「**小黑**」？師父賜予的聖騎，高大威猛的黑麒麟，叫祂小黑似乎沒禮貌太失禮了。那就叫「**老黑**」好了，且為日後國際化預做準備，一併取個英文名字叫「**Black**」、「**步雷客**」，冠上「**老**」字號，是對資深前輩的尊稱，於是乎黑麒麟的名字就這麼定了。

騎著老黑，哼唱著香積佛曲，感覺就像平日開車上下班一樣心曠神怡，不同的是，平日開車可以看見車水馬龍山川景物，但這回騎著老黑，一路上還是灰濛濛的啥都看不到，心裡頭不免罣礙，要先諮詢確認一下，「老黑，您還認得路嗎？」不知是不是初次搭檔默契不夠，老黑沒搭理我，自顧自不知是走著、飄著還是飛，身陷五里霧中，四周寂靜無聲，我也只能仰仗老黑帶路了。就這樣，騎著飄著，騎著飄著，享受全然寂靜的旅程，朝未知之境前進……

突然清醒過來，清晨六點整，我整個人已經躺平在地毯上，耶⁉這是我家佛堂沒錯，那地獄呢？我到底去了沒？老黑到底有沒有把我帶到？還是舟車勞頓到了地獄我也睡著了？老黑怎不叫醒我，還是叫不醒我？我怎麼毫無印象？怎麼就把我載回來了？我充滿期待興致高昂的地獄遊記第一回，就這樣一路睡去又睡回⁉這老黑也太不夠意思了，真沒默契！

4. 一〇八層功德圓滿

後來發現，是我錯怪老黑了，去地獄辦法會渡眾生，非比尋常不可兒戲，幽冥眾生引頸期盼著得渡的契機，期盼著能離苦得樂滅惡滿願，因此每次去地府渡眾生，都要貫注精神竭盡全力，直到經請示　師父確認功德圓滿，所以醒著去睡著回是很正常的。

地府若有一〇八層，我決定一層一層渡。平日我利用每天上班開車的時間動念辦法會，意念所到之處，無遠弗屆，如Golden香興師兄說的，一天可以渡五大洲，我不知道我有沒有這麼大的能耐，還是笨鳥慢飛穩妥一些，也藉此機會一層一層去拜訪認識一下。

說實在的，剛開始到地府渡眾生，我只是按照師兄師姐教導的方式步驟以及分享的經驗，按部就班的進行，究竟成效如何，我也不知道。直到有一次功德行，香音師姐和我同車，和我說起她有一次到地府出公差時有看到我，看我正忙著在法會中弘法，讓我建立起一些信心，暫不論弘法渡眾生的功力成效如何，至少有師姐見證我真的有到地府幹活兒去！這讓我每天的例行功課越發起勁兒，一天一天日起有功，一層一層累積心得。

每次的地府渡亡法會過程，最後會問參與法會的眾生，如果還有罣礙於心放不下的事，可以寫下陳情書或請願書，我會轉呈　師父，請　師父做主處理，每次都會收到成堆的陳情書或請願書。有一日渡到第一〇五層後，當天剛好路經松山慈祐宮，就順道入內參拜，在慈祐宮內發現有供奉地藏王菩薩，我就禮拜地藏王菩薩，並稟報說我最近正在地府渡亡，已經渡到第一〇五層了，請地藏王菩薩協助保佑一切順利圓滿。隔日清晨打坐時，我就感應到地藏王菩薩前來，把祂手中的「明月摩尼寶珠」賜給我，當天開車上班途中的地府第一〇六層渡亡法會，我就把地藏王菩薩賜予的摩尼寶珠用上，分享法寶給參與法會的眾生。

說來也奇，那一天的法會程序最後，請心有罣礙的眾生寫下陳情書或請願書，竟然一封都沒有，接連三天到渡完第一〇八層，都沒有再收到地府眾生的陳情書或請願書，只收到一封感謝函。表示地府眾生都已經心無罣礙得渡去耶，二〇二〇年五月到八月間渡完酆都地府一〇八層，功德圓滿！

3.6 酆都渡亡第二輪

事隔半年多，二〇二一年二月二十六日，農曆新年正月十五日元宵節，開始第二輪的酆都地府渡亡功課，而開始第二輪酆都地府渡亡功課的起因，是地藏王菩薩差使陰陽判官顯像來提點我。

二〇二一年農歷年後開工不久，老闆請我和另一位同事在國賓飯店一起午膳，飯後走出飯店，在門口陪老闆等座車開過來，難得機會能和老闆一起餐敘，我趁空檔拿起手機連拍了三張合照，回到公司後要把照片發給同事，三張照片對比之下才發現，其中一張我的臉色明顯的從正中一分為二，深淺兩種不同膚色，就算是燈照光影也不會這麼剛好、這麼巧、這麼精準吧!?我把照片發給香一師姐，求教是何原由，香一師姐回覆告知是陰陽判官顯像在我身上，但為何陰陽判官會顯像在我身上呢？隔日清晨，用意知曉。

「香一師姐早安：謝謝師姐昨日驗證告知與老闆的合照中變臉，是陰陽判官顯像。今早打坐感悟心得，陰陽判官顯像，其實是地藏王菩薩要我再次去地獄渡眾生，感悟是否正確？也請香一師姐驗證指導。謝謝香一師姐！」經香一師姐印證確認後，當日上班開車途中就開工了。

這第二輪的酆都地府渡亡法會，一切按部就班如昔，只是加入了更多的法寶，都是這半年多來打坐練功或功德行所獲。但更特別的是，法會最後收到眾生的陳情書或請願書過程，很明顯的與第一輪的渡亡法會不同，少了許多紙張書信，多了其他因時因地制宜的材料。曾經收過書寫或畫記於樹葉、石板、羽毛、魚鱗、獸皮上，經求教印證於資深師兄師姐，始知是因為受渡六道眾生之不同也，石板更是史前時代的眾生靈所用。

「敬謝香一師姐！剛開車到台北已經去第一層開工了，現在再去地獄渡眾生確實比上一次多了許多法寶可用，特別的是，最後請還有要陳情訴願的眾生提交陳情書請願書時，沒有陳情書請願書，只有一個黑色小小四方盒子，不知是何物，就上呈交給　師父做主處理了。敬問香一師姐，請問那一個黑色的方形小盒子是何物？謝謝師姐！」，「敬回師兄：黑色方盒子，智慧之錦囊，遇事不決時，妙計即出現。」，「敬謝香一師姐解惑！我現在還真是需要智慧之錦囊，可是這錦囊上呈給　師父啦⁉」，「還在師兄的身上。」，「還在我身上⁉噢耶～太棒了！謝謝　師父賜予！謝謝香一師姐告知！」

「香一師姐早安！今早例行功課去地獄第二層渡眾生，感覺求渡眾生好多，還好我現在可用法寶也很多，儘可能圓滿眾生需求。今日特別的是，最後請還有要陳情訴願的眾生提交陳情書請願書時，一樣沒有陳情書請願書，卻有一個金色小小金字塔，且似乎會忽大忽小，這更不知是何物了，先上呈交給　師父做主處理。敬問香一師姐，請問那一個金色的小金字塔又是何方聖物？謝謝師姐！連假愉快！」

「敬回師兄：先跟師兄分享一則師兄姐淨化渡亡小故事，有亡靈遞陳情書欲討報，在幾番勸說下才肯放下，卻因為跟香積如來不熟，而不肯去，有的請祂們的祖靈來帶，有些請天使、天父、阿拉等（其實都是眾生自分別，所以才會有八萬四千多種法，方便因應眾生）。金字塔意寓師兄所渡亡靈來自埃及，時大時小因亡靈之多寡，畢竟師兄天眼未開，且尚未能了了分明，故以此來表象令汝知。」

「香一師姐早安！今早例行功課去地獄第四層渡眾生，感覺求渡眾生仍然好多，可用法寶全數供應，加量不加價，儘可能圓滿眾生需求。今日也是很特別，最後請還有要陳情訴願的眾生提交陳情書請願書時，一樣沒有陳情書請願書，卻有一面黑色三角形令旗，不知是何令旗了，先上呈交給　師父做主處理。敬問香一師姐，請問那一面黑色令旗又是什麼令旗？謝謝師姐！」

「敬回師兄：黑色三角令旗是教主令，如尚方寶劍之掌生殺大權，表示求渡者眾，需令旗來維持秩序。」，「敬謝香一師姐解惑。原來是教主令旗，記得去年北部功德行，在北投行天宮休息時，我伸手從地底下抓出一個木盒，裡面是一面黑色的『幽冥教主令旗』，我應該拿出來善加使用。謝謝香一師姐！」

「敬問香一師姐：酆都渡眾法會，今天渡到第十八層，最近幾次的法會，在用水涎珠、水靈珠、黑龍珠三合一，灑甘露水、施甘露飯，並化露水、雨水、江湖河水為甘露水外，福至心靈想到說也將受苦受難眾生的汗水、淚水、血水都化為甘露水（自體甘露），當下渾身有感起雞皮疙瘩，不明所以，以為只是巧合，後來幾天的法會每到這階段，動念至此，就一樣渾身起雞皮疙瘩，便覺不是巧合，但這又是何原因？求教香一師姐。謝謝師姐！」

「敬回師兄：因為受者眾之故，師兄起了怖畏之心。」，「敬謝香一師姐指點！原先沒懂何謂『起了怖畏之心』，谷哥了一下才明白，殊勝大法受者眾，我感同身受反而莫名畏懼了，應該平常心，去五怖畏之心，才能讓法更自在的開展，讓更多眾生受益。這樣的領悟理解對吧？」，「敬回師兄：別掛礙！突如其來見此場面本能反應！這是很自然的，雖然沒看到但是體感能感知，有師兄姐曾看到一望無際場面壯觀的無形眾生，有護法神在維持秩序，（看不到未必不是好事）有師兄姐會感到汗毛直豎，或全身陰冷從骨子裡尤其是在尾椎，也有被拖住腳邁不開步伐的，這皆因是受者眾之故啊！」，「敬謝香一師姐指點說明，我會以平常心視之，按部就班繼續渡就是了。謝謝香一師姐！師姐晚安！」

還有其他很特殊的經驗，有一次渡到第二十五層時，收到一件獸皮卷，感應是「軒轅黃帝的聖旨」，便向香一師姐求證。「香一師姐早安！今早例行功課去渡地獄眾生，第二十五層，感覺求渡眾生仍然好多。今日也是很特別，最後請還有要陳情訴願的眾生提交陳情書請願書時，一樣沒有陳情書請願書，卻有一卷『軒轅黃帝的聖旨』，就上呈交給　師父做主處理。敬問香一師姐，請問這感應正確嗎？謝謝師姐！」，「敬謝香一師姐！再敬問香一師姐，這一卷『軒轅黃帝的聖旨』有特別的用意嗎？這一次渡地獄眾生的法會很特別，每一層的眾生都很多，陳情書請願書都很少或沒有，但都有不同的聖物。」

「敬回師兄：師兄所渡有來自涿鹿之戰的亡靈，為超拔祂們故請出軒轅皇帝之聖旨宣讀，表示任務圓滿結束，各歸本位。」，「哇~原來如此！來自逐鹿之戰的亡靈，幾千年了，忠義之士，敬佩！任務圓滿，功德圓滿，安心得渡。感謝　師父賜與救渡眾生的殊勝大法！」

還有一次是收到一件從未見過的，精巧如 USB 插卡的超迷你記憶體，經感應是來自外太空的眾生靈求渡，請　師父為其作主得渡後，一道光束直衝外太空而去。也由此可證真的有外星人來過地球，還作古於地球，若不是有幸遇到香積法門的殊勝大法，真的只好把地球當第二故鄉了！

以上所述，如三叔公講古天方夜談，若非自己親身經歷感應，又經其他師兄師姐印證確認，而且還有很多位師兄師姐分享各自的不同經歷體驗，德不孤必有鄰，否則我自己都會想去精神科檢查一下。

心經云：「色不異空，空不異色，色即是空，空即是色，受想行識，亦復如是。」虛虛實實，是虛是實，是幻境？還是存在於不同維度的實境？張開眼睛看到的世界，閉上眼睛看到另一個世界，科學家以實驗證實「信息場」、「靈界」的存在，認為這個宇宙是由一個八度的複數時空構成，四度為實數時空，就是物質的世界，也就是俗稱的「陽間」；另外四度為虛數時空，就是俗稱的「陰間」或者「靈界」，而這八度的複數時空是交相重疊同時並存的，個人的親身經歷正應證了科學家的實驗結論。

這兩個世界究竟是如何同時並存？在兩個世界不同時空轉換交流的標準作業流程（SOP）為何？媒介通道又是什麼？是有形的物質還是無形的意念？科學家認為是透過「氣場」、「撓場」來聯繫溝通陰陽（註：前台大校長李嗣涔博士著《撓場的科學》），認為「氣場」是跳脫科學的第五種「力」的存在，並預言五十年至一百年後可以發明出具體的儀器設備來傳遞與接收訊息，這未來顯學值得探究，且拭目以待。

3.7 師兄姐的體悟分享

自從親身經歷應證了許多不可思議的事情之後，讓我更加相信確實有信息場、靈界的存在，也與李嗣涔博士的靈界科學實驗結論不謀而合，以前看電視靈異節目都以為只是做節目的戲劇效果，未曾想，現在就活脫脫讓我自己親身經歷過。「你相信，你便得見」，你存疑，更讓你看見！

幾次的功德行，去南投妖怪村降服大牛之前，我自己先夢見了小獅子抱著一顆還原珠，去淡水行忠堂帶回老黑之前，打坐中獲得一顆黑麒麟珠，這只是意外的巧合嗎？為何不是讓我夢見大吃龍蝦、牛排、沙西米、巧克力？原以為是自己想像力、聯想力太豐富，出現幻想、幻覺、幻聽，但經過一次又一次的求證、應證之後，我逐漸相信那不是我的幻覺，而是一種自然的、本能的直觀直覺！如同李嗣涔博士讓小朋友手指識字的科學實驗，以小朋友最純淨無瑕直觀的感應，證實我們所在的時空中，確實另有一個信息場、靈界的存在！

自此之後，常年打坐的習慣繼續維持，並且利用每天上下班開車的時間，動念辦法會渡六道眾生，有時候難免會想公休偷懶一下，但每每想到六道眾生的殷殷期盼，就鬆懈不得，強打起精神，專注精神如實進行。在香積法門裡經常會收到　香積師父及眾神佛賜予的寶物，有時候是大家通通有獎，同時賜予給法門裡所有的同行師兄姐，有時候是因個人的機緣與願力功課需求，在功德行至各聖地開寶庫時，或各自平日的練功打坐時，會得到不同的寶物，且很多是領用自己前世使用之物，於今世再用於濟世渡人弘法利生。將潛伏隱藏於虛空之中的寶物取出，類似密宗的「伏藏」[1]。但是相對的，也時常會有意外的收穫，例證如下：

1. 小黑狗：例如有一次開車上班途中的例行法會，不巧看到高速公路上一攤血肉，想必又是意外喪命的小動物，已經難以辨識是什麼小動物了，只是剛好法會進行中，就特別動念渡這無辜的生靈，助牠身心靈得以還原回復健康平衡，無驚無懼無怨無恨，安心得渡到該去或想去的地方吧！不久，腦海中出現一隻黑色土狗，很開心地搖著尾巴，沒多想，繼續進行法會。幾天後到中部功德行，午餐休息時間和香豐師兄提到這件事，豐師兄說：「那隻黑狗有跟著來呀，就在那邊，祂和你說謝謝！」眾生有情，會心一笑。

1 伏藏，藏文原義為「埋藏的珍寶」。相傳蓮華生大師來到西藏時，預言西藏的佛教將會短暫遭到滅亡。他將他認為不適合現在傳授給西藏人的經典隱藏起來，交給各地的神靈保護，等待後世發現，不過，此段歷史仍需考證。伏藏主要是經書，但也有雕像和法器。相傳伏藏源自於蓮華生大師，擁有發現伏藏能力的人，稱為伏藏師。節錄自網搜維基百科。

2. 夜明珠：有一次和香積法門師兄姐一起的參觀活動，去參觀一棟在台北市區裡已有百年歷史的日式建築古蹟，在參觀精緻漂亮的日式庭院時，香蘋師姐引導我說，看看這一棵樹下有什麼東西？我閉目觀看了半天，看到樹底下有一個盒子，再觀，盒子裡面是一顆球體，再觀，是一顆「夜明珠」，收到一件法寶，日後的法會用得上。

3. 日本武士：另有師兄姐看到那日式建築屋子裡竟然有一位日本武士，師姐問那位武士是否要求渡，豈料那位武士回答說，祂並不想被渡離開這裡，祂只希望能繼續留在這裡守護這座日式宅院。隔天上班午休時間，我在辦公室椅子上打坐閉目小憩，突然間看到一位日本武士前來致意，並告訴我祂的名子叫做「佐藤榮一」，就是在那座日式宅院裡的武士。

4. 金甲神：原本安排專程來參觀這座日式莊園的目的，其實是要來處理一條千年蛇魔，豈料就在我們到來的前兩天，那條蛇魔因為聽聞香積佛曲得以淨化消除魔性，得渡升格為「金甲神」，並且成為玄天上帝的部將，功德圓滿。所以預定參訪的這一天，我們仍然依約欣然前往，一起淨化這座百年日式宅院，讓它成為台北市區里一處祥和美麗的建築古蹟。

5. 白馬將軍印：有一次清晨打坐時，我感應到「領旨」，領了一面軍旗，領「光之軍」部將三萬人，銀白戰甲一套，銀槍一把，銀白長劍一把，與我前世南北朝南梁儒將陳慶之[2]

---

[2] 陳慶之（484-539），字子雲，義興郡國山（今江蘇省宜興市）人，中國南北朝南朝梁武將。陳慶之麾下悉著白袍，七千

合為一。這年頭沒戰爭，領軍不用打仗了，但既然讓我領旗領軍必有用意，平日就派「光之軍」幫忙在法會會場維持秩序，也幫忙法會中不便書寫陳請書、請願書的六道眾生繕寫陳請書、請願書，功德行有任務時更沒閒著，人多好辦事。時隔一年，某日清晨打坐時，突然感應「頒旨」，　香積師父頒贈給我一枚金印，印文是「白馬將軍」，那印章的大小式樣恰好和我收藏的一顆玉質印材十分神似，根本就是一模一樣，於是就把那顆收藏多年的印石請金石大師精心篆刻了「白馬將軍」四個字，虛實合一。

6. 三叉戟神兵器：有一次去桃園復興鄉東眼山森林遊樂區旅遊，在爬登山步道時，看到步道的階梯旁有一棵樹，一棵樹幹一分為三，我看了一眼就直覺「有東西」，三叉在上，長柄插在土裡，就像是一把三叉戟兵器。經向香一師姐求證，果然如是。三叉戟神兵器寓無形於有形，在東眼山不知多久了，今日托　香積法門殊勝大法之福取得，這不正是密宗法門所謂的「伏藏」？前人伏藏，後人取藏。

白袍軍所向披靡，縱橫千里，屢戰屢勝，從銍縣至洛陽，前後作戰四十七次，攻城三十二座，皆克，所向無前。最後殺進魏都洛陽，扶立元顥為帝，一時間北朝談陳色變，洛陽城中童謠曰：「名師大將莫自牢，千兵萬馬避白袍。」故有白袍將軍、白馬將軍、常勝將軍之稱，被後世稱為古代五大名將之一。參閱百度百科、騰訊網等。

7.鳳眼天珠：有一日清早一夢，夢見在海邊礁岩上拾獲一顆紡錘型雞蛋大的大顆「天珠」，紡錘型，不是一般天珠的形體，撿起來正要看仔細就被鬧鐘叫醒了，剛上班途中例行法會就拿來用上了。夢授天珠還是第一回體驗，但這又是什麼天珠呢？求教香一師姐，師姐回覆確認說：「天珠原是舊時物，今日重回舊時主，紡錘型名鳳眼珠，法力勝似金剛杵。」能在夢中尋回舊物，感恩！雖是夢境，卻栩栩如生，虛實了了分明，心靈感受卻無分無別。

8.天鐵球：不知是不是《鋼鐵人》、《魔鬼終結者》電影看太多了，電影後遺症產生幻想，還是「骨骼轉換」的「質能轉換」過程？昨晚在台北大安森林公園搭捷運，進捷運站前，在公園往東北角捷運站望去，下挖的結構體像個小山谷，居高臨下的看風景，突然腦海裡從那山谷中浮現出一個寶箱，打開寶箱漂浮著一顆天鐵球體，表面還有晶體結構紋路，而那寶箱是沒有底的，看進去像一個通往外太空的門、通道，不知用途，就先收回了。今晨打坐，又想到這寶箱與天鐵球，納悶究竟是什麼用途，法會是否可用？不得其解，到後來那天鐵球開始變形溶解，卻是進入我身體融入我的全身骨胳，就像魔鬼終結者的金屬骨架一樣，甚感驚奇。更奇怪的是，不知是否心理作用，我現在覺得平常筋骨痠痛的毛病，特別是腰部脊椎骨痠痛，現在怎不會痠痛了，且感覺變得好輕鬆？是錯覺嗎？於是求教香一師姐。

香一師姐回覆說：「敬回師兄：先跟師兄分享一個境，有人看到大碗中間有條裂痕，您會想到那疫情會是因眾生頑劣（碗裂）所致？不必懷疑所見之境，那是意識所產生的一種方便意寓，喻質能轉換，一旦轉換過骨骼會有如鋼鐵般強壯。也可布施給眾生，讓所有人都有如鋼鐵般的強壯體魄。」，「心到法就到。以化法藥為例，那不正是我們的意識所決定所改變的現狀，若要能心想事成，需靠平日不斷的積累。」經香一師姐確認後，我也變成鋼鐵人一族！我會把這天鐵球加入我法會法布施的法器寶物清單中，讓眾生身心靈都能平衡圓滿又健康強壯！

9. 龍珠：「今晨打坐時，感應到有一條龍來獻龍珠給　師父，後來詢問　師父，感應得知是觀世音菩薩座前的『龍女』來獻龍珠給　師父。我心想，既是龍女要獻龍珠給　師父，何必透過我咧？難道是和我分享一下，我也可以拿來法會裡用？剛剛上班開車例行法會就不客氣的用上了。敬問　香一師姐：不知這感應是否正確？」香一師姐回覆：「不必懷疑。」

10. 師父賜法號：　師父透過我傳達賜法號給師姐的訊息，有的很直接，有的很迂迴，都是對弟子的考驗及訓練。今晨打坐時，下意識想到這週末北宗功德行，我是先想到吃的，三芝淺水灣的海都市餐廳，經濟實惠新鮮美味，以前在淡水工作時經常去聚餐，想說等會兒打坐完就來發訊息推薦給豐師兄。接著想到功德行的其中一站「金剛宮」，我沒去過，突然就靈動起來高舉雙手在半空中，心裡想這是要做啥？領寶物？接法旨？出任務？還是？後來感應到是要接旨了沒錯，但是接啥旨咧？

半晌，腦中才慢慢浮現出 Anita 黃〇〇師姐名字，我就問　師父，是不是要領旨賜法號給黃〇〇師姐？點頭感應　師父回應「是的！」心裡為黃師姐高興著，但怎麼沒告訴我法號咧？「敬問　師父：法號是？」又等了半晌沒回應！腦袋裡已經開始說文解字跑馬燈出現無數國字，我心想，這　師父賜予師姐的法號，怎能是我自己聯想瞎猜，急了！

「稟報　師父，　師父賜法號給黃師姐，茲事體大，弟子不敢瞎胡猜，請　師父明示！」說文解字跑馬燈繼續跑，還是沒有明確的答案或指示。更急了！「稟報　師父，弟子資質駑鈍，實在是猜不出來，請　師父明示！至少也給個提示，拜託啦！」心裡話才說完，突然立刻切換場景，想到我公司最近上新聞的事去了，自己還在訓斥自己能不能專心一點，現在別分心想到其他事去。突然靈光一閃，難道這法號和我公司有關？立馬聯想到「香印」？還是「香芯」？「香印」有感覺喔！

「稟報　師父，法號是『香印』嗎？」，立馬感應點頭，但緊接著又搖頭，搖頭晃腦！這啥意思？到底是或不是？靈光又一閃，應該是「香ㄧㄥˋ」沒錯，但不是「印」字，說文解字跑馬燈縮小範圍繼續跑，漸漸就浮現「映」字出來！「請示　師父：賜黃〇〇師姐法號是不是『香映』？」，用力點頭如搗蒜！再經發賴請　香一師姐驗證確認無誤！虛實相應，功德圓滿！

11. 神來之筆：就在本書的書稿及封面設計剛完成之時，當時是週六晚上，我趕在十點打坐時間前把書稿完成，發給幾位師姐及師兄先睹為快，香音師姐回覆教導我說，可以請「神來之筆」幫忙再檢視修訂一下，剛好就到了打坐時間，於是我打坐時就先動念恭請　香積如來師父賜我「神來之筆」，協助指導校正書稿內容，希望能為香積法門弘法利生的志業盡份心力。結果，才入座開始打坐沒多久，身體不由自主靈動起來，雙手高舉，感應到要「接旨」，就接到一支神出現橫空而出好大支的毛筆，我想應該就是「神來之筆」吧!?因為筆超級大支，雙手捧著高舉在半空中，就動念把筆縮小縮小再縮小，最後縮小到直接從頭頂進入我腦袋瓜裡融為一體。

相較於我的體悟感應，香積法門裡的師兄師姐分享了許多更加殊勝的體悟感應，彙整分享師姐師兄們感應與求證過程的對話如下：

12. 山神廟與金剛杵：有位師兄去擎天崗踏青，多年沒去了，上週六去郊遊踏青，路經一土地公廟，看介紹在廟的後方還有一座兩百年歷史，清朝就有的舊土地公廟，就拾階而上尋訪舊廟，舊廟後有一大樹，雖是小廟，小廟裡已無土地公像，只有一塊石碑上刻著「山神」二字，感覺頗有靈性，於是動念為其淨化加持，也在擎天崗上辦個法會渡有緣眾生。今早起來打坐時，突然感應到為那舊廟裡的山神「頒旨」，不是為新廟的土地公!?於是乎動念為山神頒了「道旨」及「法旨」，接著有感應那山神前來向　太上道祖道謝！接著今天一早就去法院，回公司途中看到天空藍天白雲，一朵雲像極了「金剛杵」，來不及用相機拍下，當下覺得是那榮升的山神送的法器，就動念收下了。於是求證於香一師姐，經香一師姐確認無誤。

那師兄再問香一師姐：「為什麼是給山神頒旨了，而沒有給土地公頒旨？那山神與土地公有不同嗎？」經香一師姐回覆告知，一方土地百里山神，所以山神轄區大苦勞多。但那小小的舊廟感覺就比新廟更有靈性，誠所謂「山不在高，有仙則名；水不在深，有龍則靈。」廟也不在大，有正神就有感應。這要分享一下！

13.發功與金丹：「敬承　師父威神力與大郭師姐功力加持，週六晚間又經歷了一場殊勝無比的練功……。在九點半左右，便感受到大郭師姐的氣已開始環充太虛，剛好手邊之事已畢，便靜坐下來，以放鬆、放空的方式與之相應，兩位師姐似乎都已進入「發功」狀態，而我，卻漸漸進入鼾眠狀態。約莫二十分鐘後「醒來」，頭頂的氣盤旋未散，待接近十點時，我再度入靜，此時，金丹自心口衝出，旋即化為無數無量金圓點，以順逆方式將我團團圍住，隨即，師姐的氣場，像一條金彩帶從上方打著圓繞下來，並將金丹與我裹於其間，接著，我的中脈形成一道，由無數小金丹簇集而成的金束往上輕輕衝去，並逐漸開展，形成上方有個大口的玄雲，越展越大，突然間，又開始內縮，越縮越小，縮成像繡針一般纖細，接著，它又再度展開變大，而此異象之速度，彷彿僅在瞬間！然後，感覺到體內正有無數道毫光想往外衝出，但我卻不清楚，它們是否有蹺家成功，因為，一切就靜下來了……讚嘆大郭師姐！」

14.玄雲：「早上靜坐時，我的肉身，彷彿被順、逆同步旋轉的玄雲包覆住，然後，一道和煦輕盈的金光，自頂輪上衝，擴散成不見邊際的玄雲，玄雲下緣旋即出現無量金色蓮花，每朵蓮花下方又是玄雲。接著，玄雲分成五大股（像五道龍捲風），其底部分別串至五大洲，亞洲的串聯於臺灣，（此時，突然天搖地動！）請教師姐，我所觀的景象，有何意義嗎？」

15.太極：「九點四十五分……我上虛空，靜觀兩位師姐的能量波動已展開，我的『一點靈』躍進那股能量波的中心點，慢慢的，中心逐漸形成一個超亮點，原本三層次的波動，開始合而為一！突然，出現一道很像透明玻璃的界線，彷彿隔開了兩個境界，感覺上，此界線非陰非陽、亦陰亦陽！接著，這道界限開始分別往左右兩邊分裂，各是一面太極，由於是相對位置，所以旋轉方向似反實同。兩旋轉太極愈離愈開，旋轉速度也愈快，轉出了兩大玄雲，玄雲中間形成一橫圓柱，呈半透明的晶亮，我們三人皆跏趺其間，大郭師姐居中，香一師姐與我，位其右左。

漸漸的，三個形體又合而為一，此時，有無量波動的亮點環繞著這個『一』，接著，『一』的相消失，繼而形成像太陽般的亮圓球體。整顆地球被強大的能量波包圍住，心頭一念：消災解厄……呼喲！）置於膝上的雙掌，感覺有氣旋在搔著，我將兩掌心與肩同寬的相對，掌心各發出金白光束，光束在中央相遇，撞擊出旋轉的光輪，並分別向上、下各衝出一道光柱……，我的頭頂和座底亦各出現反方向旋轉的太極，位於中間的我，被圓柱金光圍繞著，然後，我開始變得碩大。頂上太極往上發出強光，上耀聖道；底座太極亦向下發出強光，下照六道……。電話響了，醒了，收功！懇請兩位師姐確認我所觀，謝謝！」

16. 玄牝門：「今天弘法有出現兩個玄牝門，一黑一白，眾生像龍捲風上去往兩個門上去，白門後面是白色，黑門後面是金色，結束後覺得很多眾生還沒有上去，再辦一場，這次只有一個黑色玄牝門，很多眾生上去，但有一批上去（不知是啥？），另外隱約有另一扇門（罩著薄紗），好像有一批眾生（不知何物）在等那扇門，不知是否跟我們有關？請師姐幫忙確認，謝謝。」

17. 神來之筆：「　師父賜予神來之筆，黃金為筆桿，桿端鑲嵌琉璃珠，珠內充盈氤氳之氣，當我執筆運寫時，琉璃珠內的氤氳之氣便會開始運行，如同一個小宇宙。此筆筆毫之長短軟硬，皆任由我自如運用。神來之筆，筆下！……神來！懇請師姐為我確認好嗎？」

18. 能量波：「恭承　師父大威神力與大郭師姐威力加持！昨晚練功，大郭師姐已發功，我上虛空靜守玄雲頂端，觀到大郭師姐強大的能量波相續啟動，其中央有兩顆旋轉的亮點，一顆是大郭師姐的，而另顆……？不是香一師姐的？那師姐上哪兒去了呢？大郭師姐的能量波相當清澈，其清澈中閃爍著如電波般的混合彩光……大郭師姐的能量玄雲籠罩整個臺灣島上空，下方則分散各處，觀到有部分能量回流，當下恭請　師父慈憫，將這些回流的能量回向給十方法界諸有情，讓祂們也有機會可以分享這麼棒的正能量。突然間，頭漲得厲害，原來我正不自覺的開始吸收大郭師姐的超級能量，奇妙的是，這能量彷彿來自一條通。大郭師姐之上是　師父，　師父之上是太虛，太虛之上是……咦？疑似『自性』耶！

嗯～既然源頭是自家的，那就不用客氣了，直接動念——將這些能量供養諸佛菩薩與十方法界眾生吧！讓所有眾生皆能因這能量而提升證量，願所有眾生能因此次練功而感應到，香積法門的大門，正為所有眾生而開！感覺張開的雙手，手掌心各出現一顆水晶球，其中一顆晶瑩剔透無內含物，另一顆則有闇黑煙霧飄游其中，兩顆晶球漸漸互相吸引，立即合而為一，並逐漸變大，速度很快，大到宇宙無邊大呀！不知道它大至哪兒去了？只觀到，眼前全是密密麻麻燈星球，莫非，我正身處河漢之中？……水晶球開始回縮了，剎那間，又分別停在我掌上，接著又合一，然後，縮小，縮縮縮，咦？不見了！法輪轉了起來，轉著白亮亮的光，無盡燈愈發外亮了……不知不覺的弘起法來了，法輪恆轉，眾生平等！

恭請　師父慈悲作主，將弟子今晚練功所獲得的能量，全數回向諸佛菩薩與十方法界諸眾生！感恩　師父！感恩　大郭師姐！僅以此次練功所觀與同行分享！感恩！」

19.黑洞：「剛剛香慈弘法，天空出現一個大黑洞，一批一批送上去，門後是金色世界，這景象是第一次看到，我接著辦第二次，出現一個更大黑洞，也是分批上去，眾生上去是一條線一條線，還有聲音喔，據現場特派員香瑜報導，因弘法地點是圓我的願，因現場還有一些很可憐小孩沒上去，再辦第三場，這次出現白金色洞，這些現象都是首見，我只能是一個矇眼說書人，呵呵。」

20.無顯醫與還原珠：「報告香一師姐，今早要體檢，在今天之前，眼睛常覺得乾、澀且開始有看不太清楚的狀況，有點擔心因過度用手機及電腦導致視力下降及老花，於是在出門前先用無顯醫跟還原珠為自己的眼睛靈療，隨後跟　師父報備後出門，到了醫院發現眼睛的狀況很不錯！乾、澀感全無且看的很清楚，量完視力後雙眼裸視皆為1.2，維持過去的水準！

另外在體檢的過程想起去年體檢有不少膽囊瘜肉約0.5毫米的狀況，於是動念用顯日法淨化並運金丹至膽囊處（過去沒特別像這樣處理），檢查時醫師說膽囊瘜肉最大約0.3毫米，而且數量少少的。謝謝　師父！法真是太殊勝了！」

21.智慧蓮華：「敬問師姐：今天打坐時整個頭突然變很大，額頭中心出現一朵金紫色的蓮花，　師父說這是智慧蓮華請師姐解惑」，「有些法門修觀想，觀想佛，觀想菩薩，或觀想上師，這是執取相。我們不做如是想，讓念頭自由來去，因為……念想由來幻，妄情不須息，長波當自止，功到自然無。」

22.施法治療：「敬問師姐：剛幫師兄治療的時候，感應到他周圍有一股氣壓圍繞，不讓法施進去，後來我改將法變成細針狀用射的進去。請問那股籠罩的氣是師兄自已的保護機制，還是有不善的在阻撓？我印心是不善的，師兄印心是好。請師姐幫忙確認。感恩。」

23.師父賜法——卍勢心源：「敬問香一師姐：感應　師父有賜法，法名為卍勢心源，為大勢至菩薩的法，運起此法感覺體內能量爆發，像是要破繭而出，心輪處出現一個八卦，隨著呼吸起伏呈順時鐘運轉動一圈，其作用為改善身體機能，幫助突破修行境界。不知是否有疏漏或錯誤之處？敬請香一師姐幫忙確認，謝謝香一師姐。」

24.佛光：「香一師姐好：今天到奧萬大經過埔里，因為埔里最近做醮，沿路淨化突然眼前出現紅光、紫光、藍光一直交錯變化，第一次覺得十分特別，是諸佛菩薩親臨的光對嗎？」

25.師父賜法——六通法：「敬問香一師姐：昨晚練功前體悟有收到　師父賜法，法名為六通法，作用為有助於開啟六神通。昨晚運作起來雙耳上方漲漲的，接著感覺到雙耳有點刺痛，且之間的筋絡有連接起來，身體產生高溫，雙手不斷有能量放出，心輪也一直發燙，隨著練功過沒多久我就睡著了，剛剛起床這些現象仍在持續中，此法持續於打坐時修練應當能更加精進。有請示　師父是對的，不知是否是自己的妄念想太多了？敬請香一師姐幫忙確認，謝謝香一師姐。」

26. 環繞虛空：「敬問師姐：這裡面太空的景象跟我打坐時看到的東西都是一樣的，是因為打坐時環繞虛空嗎？請師姐解惑。」

27. 靈體求渡：「師姐，下午發生奇妙的事，忽然肚子痛拉肚子，感應很多靈體求渡，是在中日戰爭中喪生帶著怨念的靈，（因為一直關注網民在網路上亂罵的現象）他們的怨念影響著現在生存的人，也充滿了怨恨，加上奧運比賽的過程更強化了。下午渡了一批、兩批、三批，在休息的空檔，手機的音樂聲響起，應該是第四批求渡，渡完之後，音樂聲終止，好奇妙喔！不是鈴聲，是唱歌的檔案，沒有碰觸之下唱起歌來！」

28. 太上心經：「敬問香一師姐：昨晚練功時，有看到一名老者，雖然無法與之對話溝通，不過我覺得應該是　太上師父。隨後前額感覺開了一條縫，接著往兩邊延伸到整圈，然後感覺頭頂有被往上抬的感覺，後來出現一個童子，手上捧著一些書籍及書卷，然後放進我頭裡面，接著出現一本書，上面寫著太上心經。請問這些書籍及書卷是　太上師父派書要給我的嗎？敬請香一師姐幫忙確認，謝謝香一師姐。」

29. 蟲洞和玄雲：「香一師姐：剛剛靜坐現大人相後有看到一扇拱門很亮，推開後非常亮，我就坐下盤腿。後面看到我和玄雲合一，我就是蟲洞，能量一直下來，又看到我坐在中間，菩薩眾跟我頂禮，後來看到三位師父在笑。又看到空中有寫字，頭頂上有一顆水滴狀寶石，透明，發出七彩光，能量很強。」

30.群組揪團淨化渡亡：還有在群組裡揪團一起幫忙，有一段群組裡的對話如下：「香瑞請求法門同行幫忙俊師兄加速淨化渡亡，幫助俊師兄[3]，感恩。」師兄師姐們收到訊息後，可愛貼圖紛紛出籠示意動念前往支援了，也有進一步詢問者，「可以請師姐告知俊師兄現更明確的位置嗎？例如某醫院。」，「台北榮民總醫院，感恩同行。」，「不要說我慢半拍，靈界無時空，啥時都有用。」，「香瑞代替俊師兄感恩同行出手幫忙加速淨化渡亡，感恩師父！感恩師兄姐們。」，「感恩師兄姐幫忙俊師兄加速淨化渡亡的速度，幫忙俊師兄趕上渡亡的進度，讓他的靈趕快安定下來好好配合復健，聽得懂指令配合復健，晚上乖乖睡覺，不要吵整晚，影響同病房的患者跟其他看護，不要讓看護阿玉姐一直萌生求退。早日康復，

[3] 香俊師兄本名林俊慧，是台灣知名油畫藝術家，也曾碰到藝術家的撞牆期，他在醉心的音樂與音響中得到創作的靈感，找到了音樂與畫作之間的共通點，遂創作出「音樂系列」、「四季系列」、「道之二十四節氣系列」等個人藝術生涯的一系列代表作。大藝術家的執著性格，只顧創作忘顧身體，二〇二一年底進廠保養住院調理，天將降大任於斯人也，必先苦其心志，勞其筋骨，要動心忍性，才能增益其所不能，這是 香積師父給香俊師兄及香瑞師姐賢伉儷的考驗，且分別賜予了深具意義的新法號「香嚴」及「香慎」。期待香嚴師兄通過這番「歸零沉澱」考驗後，藝術創作再上層樓、更上層樓，再現虛實合一的療癒系神創作！

香嚴師兄巨幅畫作，繽紛大地直至天際，見者療癒，大倉久和飯店收藏展示。

早日能走。」隔天香瑞師姐的訊息：「香瑞感恩同行昨天幫忙俊師兄加速淨化渡亡，看護阿玉姐說師兄昨晚睡覺有比較安分一點，阿玉姐也有多睡一點點。香瑞能否再次請求師兄姐再幫忙俊師兄加速淨化渡亡，幫助師兄更安定，可以聽懂指令配合復健，早日康復。感恩感恩感恩！」

31. 師父能量球：「香一師姐：我昨晚練功右手痠，觀是一個金元寶，壓在我右手上，想說知道了沒理會……繼續右手痠，直到我和　師父說我知道才解除。靜坐完躺在床上要睡覺，木地板有聲音，右手掌外有能量，等著我去接，有觀到能量和手勢變化，感應是　師父能量球跑出實現化。」

32. 土地公：「說到土地公，我們有個師姐，在同事的請託下作陪拜土地公，師姐拿起香尚未做拜，只見土地公連忙跳開的趣事。又有幾次的功德行，去到某寺廟門口，觀音來迎，入寺廟內見裡面的觀音與來迎的觀音一模一樣，差別在多了一件披風，原來披風是外出服。」

33. 功德行：在香積法門裡修行沒有功課表，也沒有時間表，「各人吃飯各人飽，各人生死各人了」[4]，師父領進門，修行就在個人。大家平日在家裡各自修為，除了在同一時段打坐與 師父雲端連線之外，不定時舉辦的分享會或是功德行活動，更是要把握時機的挖寶機會，這是獲得無形法寶最直接的方便法門，所以有功德行的機會時，我都儘可能排除旁務報名參加。二〇二二壬寅年春季功德行到新竹苗栗一帶，又一次收穫滿滿的豐富之旅，我所獲法寶才不告訴你，但可以分享照片。看是無主流浪犬，實乃廟前護法獅，萬物無形借有形，天地實相亦虛相。

以上記載內容，除了我自己的驚奇機遇外，也摘錄其他同行師姐師兄的親身經歷事，於個別詢問求證驗證後，共同見證香積法門賜予的殊勝大法，讓我以及同行師姐師兄們，有能力在平凡生活中去感應體悟不平凡的事證。以我一介凡夫俗子，從未曾想過我也會有這樣虛

4 「各人吃飯各人飽，各人生死各人了」此句原出自禪宗，亦作「各人生死各人了，各人罪業各人消」。聖嚴法師（1930-2009）《學佛群疑》：「佛法所講的因果，是眾生共同的，各自造作不同的別業受別報，多人造作相同的共業受共報；造惡業受苦報，造善業受福報。例如眾人都吃飯眾人都能飽，眾人不吃飯眾人皆飢餓；一人吃飯不能使得眾人皆飽，一人不吃飯也與眾人的飢飽無關。所以說『各人生死各人了，各人罪業各人消』，正如《地藏經》說：『父子至親，歧路各別，縱然相逢，無肯代受。』」

實相應的感應能力，這都是因緣俱足幸入　香積法門之後才有的際遇轉變。「你相信，你便得見」，你存疑，更讓你看見！

觀其眼神與氣勢，是犬還是獅？

3.8 善財童子治腰椎

我是個長年坐在辦公室的上班族，腰椎痠痛已經是多年的職業病了，偶而會去看看中醫針灸扎幾針，治標一下短暫不痠痛也好，也不覺得有什麼大礙，總是想說等假日有空再去多多運動，伸展筋骨就可以改善了。但最近覺得腰椎痠痛的毛病似乎是日趨嚴重，連起床都無法像平日一樣睡醒翻身即起，活像是一隻陷在泥漿裡的大象，起床變成很費勁兒的一件事，驚覺事態嚴重了。

於是我又開始去看中醫針灸，同時去做推拿整復，幾週下來，感覺仍是治標不治本，冰凍三尺非一日之寒，我也理解這腰椎痠痛的毛病不可能一下子就根治的了。恰好公司同事有人和我同病相憐，因為腰椎壓迫神經致行走困難，才剛動完脊椎外科手術出院不久，和我分享他病痛就醫、照 MRI（磁振造影檢查）確認病狀位置、進行手術、術後復健的前後過程，還說一般都還要動第二次、第三次刀才會根治，手術費用是看手術複雜程度決定醫師手術時間長短論鐘點費的，且安裝在脊椎骨上的鋼釘支架價格不斐，也因品質高低而有異，而這些都是健保不給付的，聽得我渾身痠麻心裡直打鼓，已經開始上網查詢各大醫院脊椎外科、MRI 的相關訊息。

恰巧，因為疫情關係好久沒開辦的分享會，於農歷年前又有機會參加了，欣然前往。分享會是法門師姐師兄們不定期的聚會，師姐師兄們提出平日打坐練功修持渡眾生過程中遇到的問題，彼此分享經驗、交流心得，也有資深的師姐師兄可以指導傳授學習心法，甚至會有神佛降臨直接指導，在分享會中截長補短獲益良多。

分享會中豐師兄問我最近有沒有什麼進展心得，有沒有遇到什麼問題，我就直接回答說最近深受腰椎痠痛所苦，話才說完，　善財童子就發聲了：「你卡住了，你那裡有一團黑黑的東西卡住，有沒有看見？」，「啊⁉被卡住⁉那怎麼辦？」我急切詢問，善財童子回覆說：「你自己可以用金丹把它打散啊！」。

善財童子是佛陀弟子，因其出生時種種珍寶自然湧出，故有此名，是觀世音菩薩兩旁脅侍之一，與龍女合稱金童玉女。在功德行活動或是分享會中，善財童子經常會藉香音師姐之身現身說法，來與我們師姐師兄們直接對話，解答我們提問的問題，也指導我們修行的觀念與心法，若是見我們修行怠惰不如法，也會直言告誡。善財童子快言快語平易近人，和我們如同其他師姐師兄一樣的閒聊，毫無高高在上的神佛架子，所以師姐師兄們都很喜歡看見善財童子現身出來，都喜歡圍著善財童子問問題。

這一次善財童子現身出來，針對我的腰椎痠痛問題，教我用金丹把卡在腰椎處的一團黑黑的東西打散，於是我就閉眼靜坐動念運轉金丹，將金丹運轉到腰椎部位，與那一團黑黑的東西直球對決，試著把它打散掉。「有沒有看到那東西慢慢變小了？」善財童子問，我閉眼內觀，覺得腰椎處有一團黑霧狀的東西，漸漸由黑轉灰轉淡，我繼續動念導氣運轉金丹。

「放火燒，爐火拿出來燒！」豐師兄在我旁邊助陣提點，我才想到動用三味真火，以三味真火會合金丹運轉，加速打散卡在腰椎痠痛處的黑霧病氣。前後不到一刻鐘時間，腰椎痠痛處的痠痛感頓時消失殆盡，起身、坐下、行走已經不痠不痛，只剩左右扭腰時還會感覺到深層已沾黏筋肉被拉伸的一絲痠痛感，有待持續運動矯正，但至少陷在泥漿裡的大象已經瞬間脫身了！神奇吧！

分享會結束回家後這兩天，自己在家打坐時都繼續如法炮製，發現腰椎痠痛感已經解除泰半，起床瞬間不再像大象翻身，坐辦公室一整天也不覺得腰椎痠痛，內觀啟動三味真火燒遍全身，發現睡眠時間、睡眠品質也改善許多了，而且不花半毛錢健保費，而我只不過是香積法門裡的神奇個案之一爾。我們有個師姐脊椎骨質增生有五處，走路需人攙扶，生活難自理，痛到需靠止痛劑安眠藥才能入眠，但睡眠時間短暫，醫院都已經安排好開刀日期，就在開刀前兩天遇到法門師兄姐，斷然決定不開刀了，在香清師兄與香喜師姐施予法流下，沒多久就全好了，不只能幫女兒煮飯給二三十個工人吃，也能下地幹重活，這都是拜香積法門殊勝大法之恩賜。

養生之道重在陰陽調和，人體需要五穀雜糧魚肉飲食來提供肉身所需營養，更需要呼吸吐納練氣養神來滋養精氣神的暢旺，追求達到身心靈的健康平衡狀態。反之，身體若有了病痛宿疾，除了上醫院借重現代醫療技術設備快速診治外，又何嘗不需要以意導氣練氣還神來對治病灶排除病氣，這不正是人體生病後的陰陽調和反向工程。本文目的在見證人體小太極陰陽合和之道，非僅讚頌神蹟而偏廢醫學，該去看醫生的還是趕緊去醫院掛號吧，至少借現代醫學之能先確認病痛所在之處，才能進一步對症下藥方。

感謝善財童子、香音師姐及香豐師兄在分享會的指導，教我用金丹及三昧真火把卡在腰椎的病氣打散，立即見效，當下我說這又是一個值得紀錄分享的體驗案例，善財童子有特別吩咐說：「要寫我很帥喔！」、「我真的很帥！」殊不知，善財童子何止是帥，依據《大方廣華佛華嚴經》入法界品記載「善財童子五十三參」，善財童子經文殊師利菩薩的指引，為學習「菩薩云何學菩薩行，云何修菩薩道」，明白了人生的道路，要發菩提心，造福人間，利樂有情，便以此為宗旨，不辭千辛萬苦，爬高山，飄大海，闖王宮，進民窟，上刀山，下火海，參拜了五十三位善知識者，有菩薩、比丘、比丘尼、優婆塞、優婆夷、童子、童女、天女、婆羅門、國王、王妃、仙人、醫師等等各行各業，各傳授一法門。因此善財童子從思想、道德、技藝上捨己為人的堅定思想，隨同觀世音菩薩，造福人間利樂有情，何等胸懷，這豈是一個「帥」字可以形容。

後記

自從　善財童子指導我治療腰椎痠痛的心法一試成主顧後，我就經常在平日打坐時順便自我保健一下，但說實在的，腰椎痠痛的毛病隔段時日後又會再發，我很確信我是銅皮合金骨，腰椎骨骼ＯＫ的，沒有椎間盤突出的問題，但為何時好時壞無法根治，我也甚覺奇怪莫名所以，以為就是久坐不運動造成的老毛病。一日清晨打坐時，動念行氣治腰椎，突然想到，有時候靈界主動求渡者會讓我們感受到求渡者的需求，感受到靈體的病痛甚至是情緒，於是特別動念觀想針對腰椎腰部有病痛受傷的眾生靈療，回復健康平衡後能安心得渡到該去或想去的地方。

就醬，盤腿打坐當下腰椎痠痛感秒殺，再吸氣行氣到腰部，感覺腰部像是被包覆在一團帶薄荷味的氣場中，無比清涼舒服的感覺，原來我竟然只知道運行金丹加三味真火去病氣，疏忽了先去感受、分辨是求渡者需求這最基本的細節，忘了老吾老以及人之老，痛吾痛以及人之痛。這才猛然悟到，當時　善財童子教我觀腰部，「有一團黑黑的東西」，原來是求渡者，我當成是自己腰椎痠痛的病氣，也或許是兼而有之才會物以類聚。管中窺天，未竟全貌，真是罪過，懺悔！

嗣後我把這體悟在群組裡分享給師姐師兄，不久有位師姐回應說，她仿效此法幫乳癌的眾生靈療，就感受到胸腔不那麼緊繃了，且正好聽到廣播中的一句話「回復到上帝創造身體原有的美好狀態」，立刻借花獻佛用這句話來靈療求渡者，閉著的眼睛看到出現點點的亮點，代表求渡者已得渡了。也因此體悟到，藉由幫眾生靈療的過程， 師父也在治療弟子，利祂又利己。

香一師姐也回應分享寫下註腳：「痛吾痛以及人之痛，相信香能師姐的感觸會更深，不只體驗同行的（但是在知其所由，症狀即消）、眾生的（在知其結，解其結，去其執，大都歡喜信受得已渡）林林總總等，相信也有很多師兄姐亦有此體驗。何以故？因為悲心致（眾生病是故我病）」，這不正是實踐體現「無緣大慈」、「同體大悲」的境界！

3.9 香積國淨土

自從因緣俱足幸入香積法門，認識了法門裡的師姐師兄，親身經歷領悟了「人外有人，天外有天」的哲理意境，對於未知的人事物，唯有更謙卑的學習與實踐，也記錄彙集師姐師兄們分享體悟的點點滴滴，有許多可以效法學習之處，見賢思齊。

有關於香積佛國淨土，因為不以言語文字說法傳法，故除了《維摩詰所說經．香積佛品第十》有些許記載介紹外，其他典籍記載傳世極其有限，所以大多數人對香積如來、香積國所知不多，也因此，法門裡資深的師姐師兄們對香積佛國的解說更顯彌足珍貴，藉此紀錄香一師姐所分享的有關香積國訊息：

眾香國簡介
來自眾香國有佛名香積
淨土最殊勝奇香所環繞
菩薩皆莊嚴香樹下開悟

聞香令法喜無有言語說
與意來溝通心念通有無
甘露為資糧所熏漏[1]皆盡
下生娑婆界普渡諸有情

香積佛唱（一）

來自眾香國，有佛名香積。
淨土最殊勝，奇香所環繞。
菩薩皆莊嚴[2]，香樹下開悟。
與意來溝通，心念通有無。
甘露為資糧，所薰漏皆盡。
下生娑婆界，普渡諸有情。

1 漏：結使、繫縛，皆是煩惱別名。
2 菩薩皆號：香莊、香嚴。

佛教最高天（二）

眾香國度二十八，佛教高天殊勝土。
教主香積如來佛，菩薩莊嚴九百萬。
奇香樓閣煙霧繞，高廣法座奇香成。
龍涎香樹吐芬芳，菩薩聞香令開悟。
教主無有言語說，甘露味飯來普薰。
法喜法益不思議，菩薩普薰漏皆盡。

九百萬菩薩眾（三）

上升最高天菩薩九百萬眾，
下界修成五地[3]上極難勝地，
娑婆修成難忍能忍行能行，
艱難不畏逆承擔病痛無懼，
倫理無違天地君親師眾生，
從凡夫心起修成六度十善，

3 眾香積國的菩薩眾，都要五地以上。

廣渡諸有情成極難勝地。

香樹下皆法座（四）

龍涎香樹下法座，奇香普薰眾法喜，
法喜法益不思議，佛威普被來開悟，
聞法菩薩皆漏盡，得法下生娑婆界，
再轉法輪渡眾生，不成淨土誓不休。

下生娑婆界（五）

來自眾香國菩薩，誓願改造娑婆界，
無有貧病苦眾生，社會祥和極安樂，
大同世界一家親，五族融合血水濃，
普天同慶淨土成，圓滿成就歸鄉路。

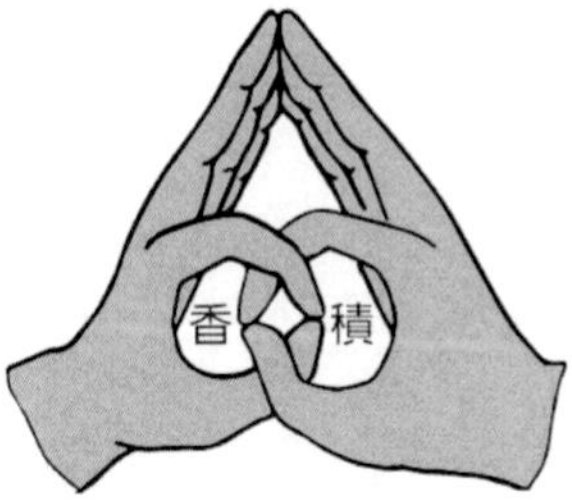

香積如來法門指印
圓形代表四海一家、天下大同，也代表圓滿。

3.10 虛實相應弘法利生

香積法門的殊勝大法，不僅只是讓法門弟子修持精進獨善其身，更是為兼善天下救渡眾生，各個師姐師兄除了在各自的平日功課修持中體現外，參加功德行時，更是要圓滿達成香積如來師父交辦的特定任務，這都是在踐行弘法利生的功課，小者協助身邊的親朋好友排除困厄，大者可普及救渡天下蒼生，陰陽兩利。

例如昨天下午和幾位同事一起去拜訪一位長輩，一位叱吒風雲的上市集團公司董事長，去向他拜個早年，閒聊之際，會議桌上方的吸頂燈泡四顆突然有一顆開始閃爍，我們見狀只是順口提了一下說該找人來換修燈泡了，沒有多加理會。不久，旁邊客廳的天花板吸頂燈整個閃爍大放閃，我們都覺得……哪有這麼巧合的事，那位董事長便起身去把那盞吸頂燈關掉，打開周邊的小崁燈。

回家開車途中又想起這事，突然感應到是董事長的父親有事相告，我渾身起雞皮疙瘩，不知這感應是否正確，遂向香音師姐求教，經確認果真如此，並且說　師父要我自己去體悟一下董事長的父親所求何事。我原本以為，董事長的父親會關切的事情，應該不外就是有關於集團公司經營的相關事，豈料不然，後來我在午休靜坐時，就感應到董事長的父親前來，是希望我能渡他去香積法門，我立即動念渡他，稍後再經香音師姐確認已經得渡了。

近一年多來，Covid-19 疫情全球肆虐期間，又不斷有新的變種病毒出現，神佛慈悲賜予寶貴的對治法寶，　香積師父的再生花、　大日如來師父的大日金蓮、北投　五福宮福德正神福德真經、凌空出現的萬年雲靈芝、　祖古澈桑仁波切的貝葉經醫藥寶典、　白馬將軍的六合一天珠及國際金丹、　大白傘蓋佛母舍利、　釋迦牟尼佛祖舍利子等，都拿來加入平日的法會中施展《珠光還原大法》[1]之用，除了助參加法會的眾生身心靈得以還原回復健康平衡安心得渡外，也請　香積師父作主加持法門裡所有的師姐師兄，以及師姐師兄的家人們，都能得以維持身心靈的健康平衡，免於疫情病毒的侵擾。曾有師兄回應說，第一次被動接觸到大法展開時，突如其來的一股強大能量，讓他差點從椅子上跌下來，後來才知道是　香積師父助我開展大法為師兄姊加持之故，暫不論這師兄所言是誇大的鼓勵，我也樂得分享《珠光還原大法》遍照眾生，將病毒疫情對眾生的影響降至最輕程度。

1 《珠光還原大法》，起源於　香積如來師父夢授之還原珠，融合大日如來顯日法、聖堂十字光法、北斗七星大法等殊勝大法，光照先後取得之水晶球珠、黑麒麟珠、五龍玉珠等十六顆寶珠合一，以及各次因緣所獲再生花、大日如來金丹、貝葉經伏藏等寶物、法器、法財後，恭請　香積如來師父作主放光加持所有參加法會的眾生，助眾生的身心靈得以還原回復健康平衡後安心得渡。筆者將此融合貫通之殊勝法稱為《珠光還原大法》。

本書撰文記述的內容，都是個人的親身經歷體驗，從過去受各方神佛的庇佑協助，到自己入「香積如來法門」獲授殊勝大法去救渡眾生，見證神靈界與無形眾生的真實存在，也應證了前台大校長李嗣涔博士多次靈界的科學實驗所得結論，人類所在的世界俗稱的陽間，與神靈所在的靈界，確實是同時併存的，且認為是藉由「撓場」來溝通陰陽兩界的訊息。個人認為，若「撓場」是用來溝通陰陽兩界的物質媒介，那麼「意念」就是啟動這個「撓場」媒介的開關。惟啟動之後，是否就能與神靈界充分無阻的接觸交流，那又未必，要看個人修為的願力與證量了。而李嗣涔博士所著《撓場的科學》一書中提到「影像記憶」能力及「開天眼」現象，不就是香積法門師姐師兄普遍都有的基本能力!?

我解讀《撓場的科學》書中記述，「撓場」的物理性質概念，始自一九六〇年代由俄國科學家開始對撓場深入研究，認為撓場是三度時空的扭曲，因為扭曲所以在四度時空中重疊併存，存在於不同的維度空間中。且「撓場」不會被任何自然物質所屏蔽，在四度時空的能量傳遞不受光錐的限制，它速度超過光速，不但能傳向未來，也能傳向過去，也就是說過去、現在與未來也是同時併存在一個扭曲的時空、不同的維度空間中，藉由「撓場」來聯繫溝通，這似乎為本書2.2章所述前後逾百年的三代祖先可以同時回到現在與陽世子孫齊聚一堂提供了解答的線索。

秉持「得之於天地，用之於眾生」的理念，將　香積如來師父及眾神佛傳授賜予的殊勝大法與法寶物盡其用，回饋分享給六道眾生，一秉初衷，單純的起心動念，別無他求，惟弘法利生爾。至於與神靈界溝通往來的途徑、方式、時機、媒介、條件、如何獲授殊勝大法、如何弘法渡有形無形眾生……等未知領域，科學家嘗試以科研實驗精神去研究歸納出邏輯定律，科學成就不斷演繹發展日新月異，相信終有研發成功的一天。

但從另一個面向思考，神靈界的存在比人類世界更古老久遠，神靈界的智慧與資源比人類世界更不知豐富超越多少，且神靈界似乎洞悉陽間凡人的一切，甚至可以影響凡人的吉凶禍福，而陽間的凡夫俗子對神靈界卻是一知半解，甚至不相信有神靈界的存在，必須用科學實驗成果來證明，但迄至目前也僅知其一不知其二。若是陽間與神靈界溝通往來的媒介管道，可以被輕易破解，被公式化、規格化、標準化，甚至被進一步商業化，可以像付費買票搭火箭就可以直通外太空一樣，那麼結果將會是如何？對有心靈修者來說，固然是大開方便法門，但以亙古至今一般人類貪婪習性，恐怕是要引來更多貪婪者，無所不用其極的想要侵入掠奪神靈界資源，神靈界豈會不懂人類，又豈會沒有妥善的自我保護機制，我相信那保護機制不是以現在人類的科學技術可以強攻破解的。

現今當下要如何與神靈界共存、溝通，要如何向神靈界學習顯然較人類更高端的超科學的智慧，當下人類與神靈界溝通往來之道，或許不是以科學技術強攻硬幹去破解，因為簡單的邏輯概念推論，「科學」如何去破解「超科學」的神靈界？先知言：「當科學發展到盡頭的時候，才發現神已經在那裏等待了幾千年。」科學的盡頭是神學、是靈學⁉或許只是需要像「芝麻開門」一樣的通關密語。而正確的通關密語又是什麼？通關密語只有萬中選一的一句？還是有八萬四千法門皆可通用？有賴相信神靈界存在者與我等香積法門同行師姐師兄堅定信念潛修實踐，參悟陰陽合和虛實相應之道，惟法從心生，萬法惟心爾。

國家圖書館出版品預行編目

拉拉山林奇遇記 / 林家亨著. -- 臺北市 : 致出
版, 2022.06
面； 公分
ISBN 978-986-5573-40-9(平裝)

863.55 111008260

拉拉山林奇遇記

作　　者／林家亨
聯絡方式／Line & Wechat: lala3lin
E-mail: lala3lin@gmail.com
出版策劃／致出版
製作銷售／秀威資訊科技股份有限公司
114 台北市內湖區瑞光路76巷69號2樓
電話：+886-2-2796-3638
傳真：+886-2-2796-1377
網路訂購／秀威書店：https://store.showwe.tw
博客來網路書店：https://www.books.com.tw
三民網路書店：https://www.m.sanmin.com.tw
讀冊生活：https://www.taaze.tw

出版日期／2022年6月　　**定價**／360元

致 出 版　向出版者致敬